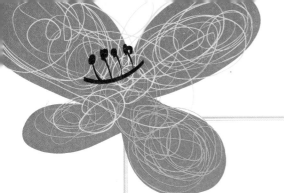

미안, 네가
천사인 줄
몰랐어

미안, 네가 천사인 줄 몰랐어

2006년 3월 3일 초판 1쇄 발행. 2010년 6월 30일 초판 3쇄 발행. 최은숙이 쓰고, 이홍용과 박정은이 기획 편집하여 펴냈습니다. 표지 디자인 및 본문 삽화는 백정길이, 본문 디자인은 김효중(디자인 구유)이 하였습니다. 제판은 푸른서울, 인쇄는 영프린팅, 제본은 쌍용제책에서 하였습니다. 출판사 등록일 및 등록번호는 2003. 2. 6. 제 10-2567호이고, 주소는 121-250 서울시 마포구 성산동 628-5, 전화는 (02)3143-6360, 팩스는 (02)338-6360, E-MAIL은 shanti@shantibooks.com입니다. 이 책의 ISBN은 89-91075-26-6 03810이고, 정가는 10,000원입니다.

미안, 네가 천사인 줄 몰랐어

최은숙

【산티】

차례

책을 내면서

세상에 있는 수많은 일들 중에서 하느님이 저에게 학생들을 만나는 이 자리를 주신 것은, 다른 곳 아닌 바로 여기, 학교에서 제가 배워야 할 것이 있어서이겠지요. 저는 사실 학교 다니기를 싫어하는 학생이었고 지금도 개교 기념일, 임시 휴교일을 학생들보다 열 다섯 배쯤 더 좋아합니다. 교무실에서 그런 소식을 들으면 얼른 교실에 가서 알려줍니다.

"기쁜 소식! 기쁜 소식!! 내일 모레 학교 오지 말래. 개교 기념일이래!"

아이들은 함성을 지르고 저는 선생이라서 좀 참습니다. 이런 제가 학교에서 뭘 배워야 하는지.

이제야 아, 이것이구나, 다가오는 것이 있습니다. 하느님이 제게 말씀하시고 싶었던 것은 '섬김'이 아니었을까. 순박한 마음씀. 머리로 알고 그래야 한다고 생각해서 하는 게 아니라 저절로 마음이 가서 기울고 몸이 움직여지는 어떤 것. 그걸 깨닫게 해준 이는 학생들입니다. 학생들 속에 계신 하느님의 말없는 기다림입니다. 말귀를 알아들을 때까지 탓하지 않고 내 속에서 내 모습으로 살아오신 하느님입니다.

중학교 남학생 어린 제자가 차려준 밥상을 받은 일이 있었습니다. 제가 퇴근하기 전에 집에 와서 김치볶음밥을 예쁘게 차려놓고 첫술을 삼킨 선생이 맛있다고 하니까 안도의 숨을 쉬며 활짝 웃었습니다. 그 마음이 제 마음을 흔들었습니다. 내게 부족한 것이 이것이구나 알았습니다.

배움은 아름답고도 혹독합니다. 몸으로 깨닫기까지는 다가오는 아픔의 이유를 알지 못합니다. 이 책은 학생들과 이웃들로부터 받은 지극한 사랑과 그 속에서 조금씩 눈을 떠가는 저의 사소하고도 즐거운 일상의 기록입니다.

저는 몹시 늦되는 사람이란 걸 알겠습니다. 늦었으니 더 마음을 기울여 이제 한 끼 밥도 정성껏 따스하게 지으려고 합니다. 그 마음으로 모든 일을 하려고 합니다. 잘 안 되는 때도 있겠지만 방향이 있다는 것은 복된 일입니다. 나의 스승인 학생들과 어머님들, 이웃들, 친구들, 선생님들께 감사하는 마음 함께 엮습니다. 예쁜 책 만들어주신 샨티 식구들께도 감사드립니다.

2006년 새 봄에 최은숙

1

미숙한 영혼은

언제나 사랑에 상처를 내는 동시에 상처를 입곤 하지만,

상처로 인해 몸을 웅크리고 좁은 곳에 자기를 가두지만,

상처는 사실 미숙한 영혼을 위한

성장판 같은 것인지도 모른다.

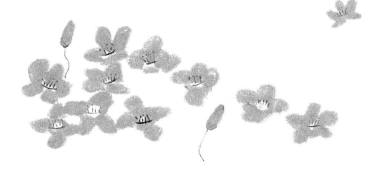

사랑이 아니면 아무것도 아니다

막 잠이 들려는데 띵동, 문자 메시지가 왔다.

'쌤여 나 준환이.'

버르장머리하고는. 난 잔다, 이놈아.

아침에 일어나 보니 하나 더 와 있다.

'쌤 주무세요?'

하루 온종일 의자에 엉덩이 붙일 틈 없이 바쁜 하루를 보내고 돌아와 다시 잠자리에 들 즈음 준환이 생각이 났다.

'공부 잘하고 있니? 어젠 왜 늦은 시간까지 잠 안 자고' 까지 썼는데 휴대폰이 울렸다. 준환이다.

"내가 누구게요?"

"너한테 문자 보내고 있는데 전화가 오네."

"내가 누군데요?"

"너밖에 더 있니? 그 철딱서니 없는 말투……"

"그러니깐 누구냐구요?"

"류준환!"

녀석은 그제야 하하하 웃었다. 진짜루 아시네 어쩌고 하면서. 그러더니 느닷없이 신경질을 부렸다.

"근데 선생님, 요새 재권이 데리구 교회 간다매요?"

"그래."

"왜 그 자식 데리구 교회 가요?"

쪼끄만 게 까분다. 지가 애인이여, 남편이여?

"왜?"

"나랑 같이 다니더니 왜 그 자식이랑 다니냐구요?"

"누가 오지 말랬니? 가구 싶거든 너두 나와라."

"신계리 검문소 앞으로 가면 되죠? 알았어요."

"열시 반까지 기다려서 안 오면 그냥 간다."

걱정 말라고 큰소리 쳐놓고 녀석은 나오지 않았다. 전화를 하니까 일터에 있는 아빠가 받았다. 아직 자고 있을 거라고 집으로 전화를 하라고 하신다. 역시 받지 않았다. 그래 조금 더 자라 류준환. 늦게까지 배달 다녔을 테니 피곤하겠지. 이번엔 우리끼리 간다.

올해 준환이가 보낸 문자 메시지 중에 아직 지우지 않은 것이 있다.

'선생님, 나 학교 그만두고 검정고시 봐서 졸업장 딸래요.'

준환이 같은 아이가 떨려날 수밖에 없는 학교, 난 그 학교의 선생이다. 한 아이에게 마음을 쏟기엔 할 일이 너무 많고 힘은 부치고 그래서 제발 신경 좀 쓰게 하지 말라고 화를 내는 선생. 정작 손길이 필요한 아이는 그렇게 잃고, 왜 이리 바쁜지 생각할 겨를도 없이 동동거리며 하루해를 저물리는 공립 학교의 선생이다.

겉으로 보기에 준환이는 학교를 제 발로 걸어 나갔다. 나는 올해 준환이가 우리 반에 배정되지 않은 것에 마음 한 자락 가벼움을 느꼈다. 좀 무서운 선생님이 담임을 해야 한다고 위안도 했다. 하지만 결론은 내가 준환이를 놓은 것이다. 사랑이 아니면 몸이 부서지게 애쓸지라도 아무것도 아니라고 했다. 천사 같은 말도, 심오한 진리에 대한 깨달음도 아무짝에 쓸모없는 거라고 했다. 나는 준환이를 사랑하지 않았나보다.

작년 어느 날, 그때도 준환이는 학교에 오다 말다 하고 있었는데 그날은 독립기념관을 어슬렁거리다가 역시 저처럼 땡땡이를 치고 돌아다니는 목천중학교 아이들을 만났다. 준환이는 내가 목천중학교에 있었던 줄을 알기 때문에, 너네 최은숙 선생님을 아느냐고 물었단다.

"우리 국어 선생님이었어."

"착하냐?"

"화나면 마귀야."

"마귀? 이 새끼들이⋯⋯"

저도 온 속을 다 썩이는 주제에 담임한테 마귀라고 했다고 목천중학교 아이들을 팼다. 그러고 와서는 잘했다고 자랑을 해서 욕을 있는 대로 얻어먹었다.

"너나 잘해 이놈아, 이 깡패 같은 놈. 독립기념관에서 누가 오라디? 왜 학교 오는 날 거길 가서 애들을 패구 난리야?"

"모처럼 맘 좀 잡구 학교 다니려구 선생님한테 전화하니까 오지 말라고 소리 질렀잖아요! 신경질 나서 버스를 거꾸로 타고 거기로 가버린 거예요."

"그게 오지 말라는 소리냐? 핑계두 좋다. 저 놈의 눈!"

"내 눈이 어쨌다구 그래요?"

"독기가 서렸잖어. 넌 며칠 학교 안 나오면 눈부터 변한다구 내가 말했지!"

"걸핏하면 눈이 뭐 어쨌다구……"

궁시렁거리면서도 녀석은 씨익 웃었다. 철딱서니 없는 말, 대책 없는 행동, 덩치만 커서 순한 아이들을 위협하는 준환이가 눈은 얼마나 예쁜지, 쌍꺼풀이 선명하고 속눈썹이 길고 눈동자는 까맣고 깊다. 하얀 이를 드러내며 웃으면 눈이 반짝반짝하면서 천진한 장난스러움이 가득 찬다. 그 눈에 세상의 쓴맛 단맛을 다 본 듯한 권태로움과 귀찮음과 반항기를 담아가지고 며칠에 한 번씩 돌아오면 앞이 아득해지곤 했다.

오늘 교회에서 쌀 포장을 하다가 작년에 쌀자루를 번쩍번쩍 들어 나르던 준환이 생각이 났다. 그날, 돌아오는 길에 준환이와 신계리 자장면 집에 들어갔더랬다. 일을 많이 했으니 배고플 것 같았다. 쟁반자장과 만두 한 접시를 시켰다.

"준환아."

"예?"

"우리, 자리 바꾸자."

"왜요?"

"화장실 문이 정면으로 보여서."

준환이는 나, 참. 어쩌구 제법 어른 티를 내면서 자리를 바꿔주었다. 그리고 아이들한테 같이 자장면 먹은 이야기를 자랑할 때마다 제가 자리를 바꿔주어서 내내 화장실 드나드는 사람들을 다 쳐다보며 먹어야 했다는 말을 빼지 않았다.

준환이가 내게 준 것은 사랑이 분명하다. 내 마음이 그걸 안다. 녀석을 생각할 때마다 저절로 미소가 지어지는 이런 마음, 이런 마음 아픔, 이런 것, 나도 준환이에게 주었을까? 아닐 것이다. 그것도 내 마음이 안다.

핸드폰을 들고 계신 하느님

어제는 햇살이 하도 맑아서 보온병에 차를 담아들고 마을 앞산에 올라갔다. 막 고깔을 벗으려는 버들강아지의 솜털이 햇살을 머금어 환했다. 얼음장 밑으로 물 흐르는 소리, 무엇에 쫓겼는지 장끼가 비명을 지르며 푸드덕 날아오르는 소리, 먼데서 들려오는 산비둘기 울음소리. 물이 오르는 봄 숲은 참 풍성했다.

그 기운 탓인가, 아주 아름다운 사랑 이야기를 써보고 싶다는 생각이 들었다. 중간에 무너져버리지 않고 차곡차곡 생을 다해 완성이 되어가는 사랑 이야기. 미숙한 영혼은 언제나 사랑에 상처를 내는 동시에 상처를 입곤 하지만, 상처로 인해 몸을 웅크리고 좁은 곳에 자기를 가두지만, 상처는 사실 미숙한 영혼을 위한 성장판 같은 것인지도 모른다. 이 아름다운 봄도 여린 발로 칼바람 몰아치는 겨울을 건너왔다. 나는 금방이라도 꽃을 피우려는 봄 나무처럼 하늘로 팔을 뻗고 발밑으로부터 땅의 생기를 끌어올렸다.

　모처럼 산에 올랐다고 오늘은 온종일 다리가 뻐근했다. 저녁엔 동화 읽기를 하러 다우리네 가는 길에, 벌써 저녁 잡수시고 바람 쐴 겸 마늘밭에 나오신 기수 아빠 엄마를 만났다. 내가 산에 올라가 사랑에 대한 철학적 고찰을 하는 동안 두 분은 옥상에서 빨래를 널고 있는 우리 어머니를 지나가다 보시고 얼른 냉잇국 끓이고 고등어조림 한 접시 만들어서 다녀가셨다고 한다. 혼자 적적하실까봐 말동무도 한참이나 해주셨다. 사랑에 대해 어설프게 고민하지 말고 옆에 계신 분들이 사는 대로 그냥 따라서 살아야겠다.

　"아주 이쁘게 잘 나왔죠?"

　기수 아빠가 마늘밭을 가리키며 물으신다. 여리고 파릇파릇하고 약간 꼬불탕한 느낌, 처음 몸을 세우는 송아지 다리처럼 귀여운 불안함, 기수네 거라 그런지 마늘 싹도 예뻐 보였다.

　"정말 예쁘네요. 교회 가는 길인데 같이 마실 안 가실래요?"

　기수 아버지는 양말을 안 신었다고 머뭇거리시더니 마나님께서 차에 오르시자 두말없이 따라서 올라오셨다. 공사하느라 차가 밀려서 놀메기 동네 산길로 가로질러갔다. 그게 원래 북면으로 가는 찻길인데, 지금은 장가갈 때가 된 만복이 청년이 어린 아기였을 때 길 가운데서 놀고 있으면 운전수 아저씨가 차를 세우고 내려 번쩍 안아다 길가로 비켜 앉히고 가곤 했단다. 목사님도 고향에 뿌리를 내리고 사는 분이라 구수하게 어울려 옛 이야기 나누시는 동안 나는 건넛방으로 동화 읽으러 갔다.

나의 어린이 제자들은 아직 학교물이 들지 않아서 선생의 의도로부터 아주 자유롭다. 그래서 나도 국어 선생다운 지도안을 포기하고 녀석들이 하고 싶어하는 걸 하기로 했다. 오늘은 이현주 목사님의 《옹달샘 이야기》를 준비했다. 동화를 읽어주는 동안 다우리와 단하는 엎드려 발장구를 치고 산우리는 방안을 왔다 갔다 했다.

깊고 깊은 숲 속에 작은 옹달샘이 하나 있었어.

가을마다 우수수 떨어지는 낙엽들이 두꺼운 이불처럼 사정없이 덮쳐 와도 옹달샘은 묻히지를 않았어.

아침저녁으로 찾아오는 아주 작은 친구들 때문이었지.

토끼, 다람쥐, 오소리, 족제비, 새끼 사슴……

모두들 옹달샘을 찾아올 때에는 목이 말라 있었지.

"넌 너무 작은 옹달샘이야. 내가 다 마셔버릴 거야."

"그래 몽땅 마셔. 다 가져."

그런데도 참 이상한 일이네? 옹달샘은 그대로 있는 거야.

"이상하다. 내가 널 다 마셔버렸는데도 넌 그대로 있잖아?"

"나도 이상해."

깊은 숲 속 작은 옹달샘은 지금도 작은 짐승들과 사랑을 하고 있지. 다 주어도 마르지 않는 사랑을.

......

동화를 읽는데 가슴이 뻐근하고 목이 메었다. "그래 다 마셔." 바로 이것인가. 사랑이 숙제가 되는 것이. 이런 마음을 가져본 일이 없다. 항상 내 걸 챙기고 남겼다. 내 자존심, 내 품위, 너의 사랑을 받아 채울 자리…… 다우리가 "히야!" 하고 감탄하는 소리를 내서 아이들을 보니 모두 눈을 호동그레 뜨고 귀를 기울이고 있었다. 우리 어린이들과 나의 느낌은 다른 것이겠지만 우리는 옹달샘 이야기에 함께 젖었다. 가슴이 촉촉해지고 희망이 생기는 것 같았다.

숲 속에 소문이 퍼졌어. 누구든지 옹달샘에 가면 하느님을 볼 수 있다는 소문이었지.

어느 날 빨간 단풍잎이 옹달샘 위로 떨어지다가 거미줄에 걸렸어.

"옹달샘아, 나도 하느님을 보고 싶어."

"하느님을 보려면 숨도 쉬지 말고 가만히 있어야 해."

단풍잎은 숨도 쉬지 않고 가만히 있었지. 얼마 뒤에 옹달샘이 귓속말로 묻기를,

"하느님이 보이니?"

"빨갛고 납작한 별과자처럼 생겼어."

잠자리는 옹달샘에 와서 왕방울 눈에다가 양쪽에 날개가 있고 꼬리
도 아주 긴 하느님을 보았고, 토끼는 귀가 길쭉한 하느님을, 사슴은 뿔
이 아름다운 하느님을, 늑대는 심술궂은 하느님을, 꽃뱀은 혀가 갈라
진 하느님을, 여우는 얌체 같은 하느님을, 들국화는 향기로운 하느님
을 보았다. 뒤에 이야기가 시리즈로 이어지는데 듣다 말고 녀석들이
소리쳤다.

"우리도 하느님을 종이에 그려볼래요."

그러라고 했다. 단비교회 목사님이 옹달샘에 가서
비춰보시면 어떤 하느님이 보일까? 산우리가
대답했다. 농부 하느님이요. 전도사님의 하
느님은? 졸려도 참고 이야기 많이 해주
시는 하느님요. 녀석들이 종이에 가득 채
워 그리는 하느님의 모습들은 배꼽을 잡게 했
다. 드래곤 볼 하느님도 있고, 방 안에 나란
히 누워 있는 빠꿈장 메주들도 하느님의
모습을 입었다. 형에게 얻어맞아서 혹이
난 산우리의 하느님, 예쁜 치마를 입고

있는 단하의 공주 하느님, 만들기를 좋아하는 다우리의 하느님, 빗자루를 들고 청소하는 사모님의 하느님은 '고생'이라는 설명을 달고 서 계시고, 책을 읽어주는 국어 선생님의 하느님은 머리가 길다.

그런데, 단하가 그린 엄마의 하느님은, 그러니까 그게 바로 난데, 핸드폰을 들고 전화를 하고 계신 하느님이다. 성숙한 사람은 분주하지 않고 고요하다고 했는데, 하고 많은 것 중에 내가 가장 많이 보이는 모습이 핸드폰을 들고 수다 떠는 모습이라니. 하느님은 내게 오신 뒤로 노상 핸드폰을 들고 계셔야 했는가보다. 불평도 없이 함께 정신이 없으셨던 가보다. 이 모습 그대로 내 안에서 살아가시는 하느님, 판단 없이 이 모습 그대로 엄마에게서 하느님을 보는 딸, 사랑은 그런 것인지 모른다.

심재현, 사랑해

봄이 오면 온 동네가 교실이 된다. 지금 우리 동네는 봄 처녀를 맞이하는 잔칫집처럼 꽃등을 내걸고 환하게 피어 있다. 막 새순이 돋아 오르는 들판에 하얀 뭉게구름처럼 피어오르는 조팝꽃, 융단을 깔아놓은 것 같은 흰 냉이꽃, 노랑 꽃다지, 연보랏빛 제비꽃, 민들레, 진달래, 생강나무꽃, 산수유, 개나리. 그들의 이름을 한 번씩 불러보는 것만으로도 하루가 환해지는 것 같다.

재현이가 있는 1반은 교문 바로 앞에 널찍하게 자리한 김해 김씨 산소 터에서 쑥을 뜯었는데 햇살이 따스하고 아늑하여 그만이었다. 재현이가 옆에 앉아 쑥 대궁에 칼을 대고,

"아?"

하고 물었다. 이렇게 하는 게 맞느냐는 뜻이다. 그건 재현이가 내게 처음 걸어온 말이기도 하다. 수업 시간중에 화장실에 가고 싶으면 약간

은 미안한 듯한 표정으로 손을 들고 일어나 제 고추를 손가락으로 가리킨다. 공책을 들고 나와 칠판을 가리키면서 "아!" 하면 잘 안 보이니 앞에 나와 필기를 하겠다는 뜻이다. 반 아이들은 선생과 재현이의 그런 대화에 대하여 아무렇지도 않다. 재현이를 무시해서가 아니라 초등학교 때부터 오랜 시간 함께 생활해 오면서 익숙해진 것이다.

우리 학교에는 재현이 같은 학생들을 위한 특수 학급이 없어서 재현이는 다른 아이들과 똑같은 수업을 듣고 똑같은 과제를 해내야 한다. 옆짝꿍의 공책이나 칠판의 글씨를 제가 할 수 있는 속도로 상형 문자 옮기듯 베껴 적는 것이 재현이가 할 수 있는 일의 전부이다. 단어 찾기를 할 때는 사전을 들고 나와 어디에 있느냐고 묻는다. 기역, 니은, 디귿, 하며 사전을 뒤적여 손가락으로 짚어주면 그 선량한 눈에 웃음을 가득 담고 고개를 끄덕이며 자리로 돌아가 공책에 적는 것이다.

다른 아이들은 더러 사전을 안 가지고 와서 야단을 맞지만 재현이는 한 번도 준비해야 할 교재를 빠뜨리는 적이 없다. 재현이가 어떻게 공과금이나 수업 자료나 과제물을 제때 챙길 수 있는지 궁금했다. 부모님도 재현이를 돌보기엔 어려움이 있는 분들이라는 걸 재현이의 담임 선생님이 알려주었다. 그 대신 재현이네 옆집에 아주 따스한 아주머니가 계셔서 하나에서 열까지 모든 걸 살펴주신다고 했다. 재현이는 학교에서 돌아가면 반드시 옆집엘 먼저 들러 가정 통신문이나 숙제, 준비물 같은 걸 적은 쪽지를 아주머니께 보여드리고, 아주머니는 꼼꼼하게 살펴서 이웃

집으로 건너와 재현이의 부모님이 준비를 해줄 수 있도록 도와주신다는 것이다.

나는 올해 재현이를 처음 만나 사정을 잘 모르는 터에 어느 날 학력 진단 평가 감독을 하다가 아이들과 재현이의 관계에 신선한 충격을 받았다. 번호대로 줄지어 앉아서 시험을 보는 아이들 틈에 재현이가 있다는 걸 나는 잊고 있었다. 수업도 수업이지만 재현이에게 시험이 무슨 의미가 있을까? 시험이 끝나갈 무렵 재현이가 너무도 자연스럽게 의자를 끌고 반장 주영이의 옆으로 가기에 무심히 보고 있었다. 주영이는 재현이가 시험지에 표시해 놓은 답을 재현이의 OMR 카드에 컴퓨터용 사인펜으로 옮겨주었다. 그 중에 하나를 안 풀었는지, 주영이가 작은 목소리로 문제를 읽었다.

"다음 중 운율이 느껴지는 글은? 그러니까 여기 다섯 개의 글 중에 어느 것이 노래 같으냐, 이 말이야. 잘 봐. 이거? 바다의 생산성은 육지의 그것보다 높다, 이거?"

답은 김소월의 시 〈엄마야 누나야〉인데 재현이는 주영이가 첫 번째 글, 두 번째 글을 차례로 짚으며 이거? 이거? 하고 물어볼 때마다 확신에 찬 목소리로 '아!' 하면서 고개를 끄덕였다.

"이게 노래 같애? 너는 노래를 이렇게 불러?"

주영이의 목소리에서 뭔가 아닌 것 같다는 느낌이 들었는지, 재현이는 웃으면서 고개를 가로저었다. 주영이와 재현이는 그렇게 몇 번의 토

론 아닌 토론을 거쳐 답에 도달했다.

"아, 이거? '엄마야 누나야 강변 살자.' 그럼 답을 표시해."

10년 가까이 시험 감독을 하면서 이런 진풍경은 처음이다. 주영이, 너는 정말 훌륭한 선생이구나. 더구나 운율이 느껴지는 글, 즉 시를 고르라는 문제를 "어떤 게 노래 같애?" 하고 물어보지 않는가. 완벽한 이해다. 슬그머니 웃음이 나오는데 다른 아이들은 여전히 제 시험지에 코를 박고 골몰할 뿐 신경도 쓰지 않는다.

봄볕이 따스해지면서 밖에 나가 쑥 뜯어 떡 해먹고 진달래 꽃잎 따다 가사실에서 화전놀이도 하고 그림 동화 읽기도 하고 국어 수업이 좀 느슨해지자 재현이는 말이 많아졌다. 재현이가 말을 갑자기 쏟아놓자 나는 당황했다. 큰어머니가 산에 갔다가 쓰러져서 병원에 입원했다고 진수가 말하니까 재현이도 뭐라고 긴 말을 했다.

"자기네 삼촌도 아프시대요."

정아가 통역을 했다.

"할아버지 산소에 갔다 와서 아빠랑 삼촌이랑 막 싸웠대요."

"자기는 무서워서 가만히 있었대요."

나는 전혀 알아들을 수 없는 말을 계속 옮기는 정아가 놀라웠다. 정아뿐 아니고 다른 아이들도 재현이와 이야기를 나누는 데 불편함이 없었다.

"다음 시간에 그냥 앉는지, 두레별로 앉을 건지 물어보는 거예요."

"가위 바위 보를 해서 이긴 사람이 먹을 거 사주재요."

어떻게 그렇게 정확한 통역이 되는지 신기해하는 내게 정아가 별것 아니라는 듯 대답한다.

"유치원 때부터 지금까지 쭈욱 같이 다녔으니까 그렇지요."

그러니까 재현이가 말을 잘 못하는 게 아니라 내가 재현이의 말귀를 못 알아듣는 것이다.

　봄이 오면 산에 들에 진달래 피네
　진달래 피는 곳에 내 마음도 피어
　건넛마을 젊은 처자 쑥 캐러 오거든
　쑥만 말고 내 마음도 함께 따가~주

2반 아이들도 그러더니 1반 아이들도 쑥을 뜯으면서 가사를 살짝 바꾸어 〈봄이 오면〉을 부른다. 혜진이가 흥얼거리는 노래가 곧 합창이 된다. 이 아이들이 반성문도 컴퓨터 통신 용어로 쓰는 그 아이들 맞나? 수업이 노래로 느껴지다니 정말 고맙다. 재현이도 열심히 부른다. 나는 그동안 이런 재현이를 전혀 배려하지 못하는 국어 선생이었다. 말도 못 알아듣는 게 말이 되나, 재현이는 내 말을 다 알아듣는데. 귀도 열리지 않고 사랑한다고 하는 건 거짓말이다.

재현이가 내 어깨에 팔을 걸고

"나, 사랑해?"

그런 뜻을 담아 물었다.

"사랑해."

심재현 사랑해. 아직 말귀도 안 트였지만, 기다려주렴.

마법의 세계로 가는 열쇠

　단풍나무 그늘 아래의 첫 키스, 낯선 절에서 드리는 새벽 예불, 버스를 바꿔 타고 다시 갈아탄 끝에 처음 발을 디뎌보는 어떤 마을, 서로 사는 모습에 이끌림을 느끼고는 있었지만 만나보지는 못한 어떤 사람들과 우연찮게 처음 만나는 자리, 작가가 펴내는 첫 작품집, 신규 발령을 받은 교사가 하는 첫 수업…… 처음으로 해보는 일 앞에 섰을 때의 낯설고도 신선한 느낌, 약간의 불안함과 흥분이 감도는 그 설렘은 오래도록 잊히지 않는다.

　《백두산을 향하여》라는 책의 제목을 기억한다. 하필이면 이기봉의 반공 도서 시리즈 중의 한 권이었던 그 책은 초등학교 3학년 때 담임 선생님을 따라 학교 도서실이라는 데를 처음 갔을 때 빌린 책이었다. 도서실에 막 들어섰을 때 온몸을 휘감아오던 묵은 책 냄새, 그렇게 많은 책이 모여 있는 장소가 있다는 사실을 나는 처음 알았다. 서점도 없고 도서관은 더더욱 없고, 그래서 천지자연이 온통 놀잇감이던 우리 마을은 조치원 근방의 작은 면소재지였다. 보병 32사단이 있는 도로 양편에 군부대를 바라보고 사는 다방과 식당과 작은 구멍가게 들이 있고 아주머니들이 노란 플라스틱 바구니에 고무줄과 때밀이 타월 같은 자질구레한 물건을 담아들고 다니며 팔았다. 우리 학교는 32사단의 연병장 언덕 위에 있었다. 쉬는 시간과 점심 시간에 학교 담벼락 위로 목을 빼 늘이고 저 아래 연병장에서 군인 아저씨들이 뭐라 고함을 지르며 훈련을 받거나 기합을 받다가 엉덩이를 걷어차이는 모습을 구경하면서 놀았다.

금강 다리를 건너가면 월하리 공군 비행장이 있었고, 비행장 아래에는 하얀 차돌이 얼마든지 굴러다녀서 우리는 차돌을 깨고 다듬어 공깃돌을 만들기 위해 그 먼 길을 걸어갔다 걸어오곤 했다. 차돌 공기와 머리핀은 놀이판에서 우리의 힘을 과시하는 최고의 사유 재산이었다. 여자애들은 삔 치기로 따먹은 머리핀을 옷핀에 주렁주렁 꿰어서 옷자락 앞섶에 훈장처럼 달고 다녔다. 나는 삔 치기에서 주로 잃는 쪽이었는데도 내 짝꿍 신정호가 미장원 집 아들이었기 때문에 내 옷자락 앞섶은 그 누구의 것보다도 풍성했다. 지금도 미장원에 가면 실 핀을 가져다주던 짝꿍의 이름이 가끔 떠오른다.

아하, 되돌아오지 않을 그 시절에 나는 마법의 세계로 들어가는 문을 열었다. 무엇이라 표현을 해야 할까. 도서실이라는 데를 처음 알고 도서실에서 무슨 일인가를 도운 대가로 선생님이 빌려주신 《백두산을 향하여》를 되돌려주러 갔다가, 다른 책을 한 권 더 빌리고 되돌려주고 다시 빌리고 하는 동안 나는 끈끈이 식물에 잡힌 곤충처럼 도서실에 서서히 빠져 들어갔다. 어느 점심 시간엔가는 책꽂이 사이에 파묻혀 수업 시작 종을 듣지 못했다. 도서실과 교장실이 칸막이 하나로 나뉘어 있었는지 아니면 도서실 한쪽에 교장 선생님의 책상이 놓여 있었는지 도서실엔 교장 선생님이 늘 계셨다. 책을 읽다가 문득 시간이 한참 흘렀다는 느낌에 정신을 차리고 벌떡 일어섰을 땐 이미 5교시가 끝나갈 무렵이었다. 후닥닥 도서실을 달려 나가는데 교장 선생님 목소리가 들려왔다.

"괜찮아, 아까 담임 선생님이 데리러 오셨는데 내가 잘 말씀드렸다."

걸음을 멈추고 돌아보니 교장 선생님이 환하게 웃는 얼굴로 거기 계셨다. 그때는 잘 몰랐다. 그것이 얼마나 큰 여유로움에서 나온 파격인지를. 나중에 내가 선생이 되어 학교에 들어와 생활하면서 그 교장 선생님 같은 어른을 만나기가 쉽지 않다는 것과 그런 여유는 아무나 갖는 것이 아님을 알았다. 학교 사회란 참으로 하찮은 장부들에 생활을 비끄러매고 사는 곳이다. 결석, 지각, 조퇴, 결과, 경조란이 세분되어 있는 출석부는 학생들을 철두철미하게 통제하여 학생들에겐 융통성 있는 시간이 5분도 허락되기 힘들다. 그때 우리 선생님은 얼마나 난감하셨을까? 교장 선생님은 책 속에 빠져 들어가 있는 아이에게 한 시간의 수업 결손이 오히려 더 큰 것을 줄 수도 있다고 판단하실 수 있는 분이었다.

그 뒤로 수업을 빼먹지는 않았지만 청소가 끝난 뒤면 빠짐없이 도서실로 달려갔고, 정신을 차리고 나면 아이들이 다 돌아간 운동장은 텅 비어 있기 일쑤였다. 학교 아저씨가 아무도 없는 줄 알고 밖에서 문을 잠가버려서 나는 운동장 쪽 창문을 넘어 갑자기 현실로 뚝 떨어져 내린 것 같은 이상하고 얼떨떨한 기분으로 집에 돌아갔다. 달콤함과 신비로움에 가슴이 팽창하는 책 속의 세계에 취해 그해가 다 가도록 도서실에서 헤어 나올 수가 없었다.

달콤한 추억은 오래 가지 않았다. 교장 선생님이 풍을 맞아 쓰러져버린 것이다. 어른들 말씀으로는 술을 너무 좋아하셔서 그렇다고 했다. 그분은 곧 어느 시골 학교로 내려가셨다. 걸음도 불편해지신 분이지만 워낙 인품이 훌륭하여 시골 학교일망정 위에서 자리를 내준 거라고 어른들이 말씀하셨다. 우리 집도 아버지가 군복을 벗고 제대를 한 뒤 시골 외갓집으로 살림을 합쳐 들어가게 되었다. 내가 전학을 가게 된 학교 이름을 보시고 담임 선생님이 말씀하셨다.

"교장 선생님 가신 곳이네. 네가 교장 선생님 따라 전학을 가는구나."

교장 선생님은 손을 꼭 잡으며 가슴이 뭉클하도록 반겨주셨다.

"네가 전학 온다는 소식을 듣고 얼마나 기다렸는지 몰라."

교장 선생님 드리려고 사간 센베이 과자 한 봉지를 내밀었더니 웃으시면서 몇 개 드시고 나머지는 도로 내 손에 들려주셨다. 그리고 열쇠 하나를 내미셨다.

"이거 도서실 열쇠야. 선생님께 말씀드려서 얻은 거야. 마음껏 드나들고 또 읽고 싶은데 없는 책이 있으면 언제든지 말을 해."

가슴이 두근두근했다. 나는 그때를 '마법의 시기'라 이르고 싶다. 그로부터 2년 뒤 교장 선생님이 의식을 잃고 쓰러져 끝내 돌아가실 때까지 도서실의 책들을 샅샅이 훑어 읽으며 시인이 되고 싶다는 꿈을 키웠다. 그토록 넋을 잃고 순수하게 몰입한 시기는 그 뒤로 두 번 다시 오지 않았다. 목발을 짚고 천천히 교정을 거닐다 마주치면 활짝 웃으시던 나의 교장 선생님. 그분이 돌아가시자 어머니가 재봉틀을 돌려 까만 치마를 한 벌 만들어주셨다. 선생님이 나를 데리고 장례식장에 가셨다. 장례식의 침울한 분위기에 눌려 구석에 앉아 있다가 돌아왔는데 돌아오고 나자 눈물이 하염없이 흘러내렸다. 교장 선생님이 주신 열쇠를 만지작거리며 초등학교를 졸업할 때까지 남모르게 빈 사택을 맴돌곤 했다.

내가 아이들에게 국어를 가르치는 선생이 된 것은 권순안 교장 선생님 그분 때문일 것이다. 《분홍신》《알라딘과 요술램프》《하이디》《피노키오》《아기별과 바위나리》, 나중엔 《서유기》부터 《이수일과 심순애》까지, 그 책들은 줄거리 이전에 어떤 느낌, 제각기 고유한 빛깔로 내 어딘가에 스며들어 있다.

교장 선생님의 몸은 이제 한줌 흙으로도 남아 있지 않을 것 같다. 주머니 속에서 만지작거리던 열쇠도 어느 때인가 사라졌다. 그리고 세월이 흐르고 나는 도서실을 담당하는 국어 선생이 되어 교장 선생님을 추

억한다. 나도 모르게 도서실에 오는 아이들을 눈여겨보는 것도 그분 때문이다. 마법의 문 앞에 서 있는 어느 아이에게 도서실의 그 열쇠를 물려주고 싶은 것이다.

보라아파트가 있는 마을

우리 동네에는 좀 촌스런 보라색을 칠한 '보라아파트'가 있다. 칠을 먼저 했을까 이름을 먼저 지었을까, 늘 그게 궁금하다. 왜 하필 보라색일까? 보라색도 층층이던데 하필이면 희멀겋게 저런 보라를 썼을까? 목천중학교에 발령받아 집을 구하려고 목천에 들어왔을 때 처음 맞닥뜨린 게 혼자 삐죽이 선 보라아파트였다. 현관 유리에 '전세 있음' 광고를 몇 장씩 붙이고 선 보라아파트는 2월의 찬바람 속에서 여름옷을 입고 오소소 떨고 있는 사람처럼 추워 보였다.

"저 아파트만 빼고……"

퇴근을 한 뒤만큼은 나만의 공간으로 가고 싶다는 생각 때문이었을 것이다. 아파트에 살아보니 퇴근을 하는 기분이 한가롭지 않았다. 곳곳에서 동료 교사와 학부모와 학생 들을 마주쳤고, 마당이라고 내려서면 주차장이어서 아이를 데리고 이리저리 차를 피해 다녀야 하는 것도 삭막했다. 긴장이 풀어지지 않는 퇴근은 또 다른 출근이었다.

동네 골목골목 다리품을 팔며 구한 집은 멀찍이 보라아파트가 건너 다보이는 개울 옆 이층집이었다. 찻길도 멀고 원했던 것보다 훨씬 큰 마당이 딸려 있어서 아이가 혼자 나가 놀아도 걱정될 게 없고 집이 논밭 사이에 외따로 들어앉아 친구나 선배가 놀러 와서 난장을 쳐도 이웃 눈치 보느라 마음 졸일 필요가 없었다. 내 집처럼 편안했다.

그런데 나는 그렇게 탐탁찮아했던 보라아파트를 퇴근하는 길에 반드시 한 번, 어느 땐 두 번씩도 들르며 산다. 동네에 딱 하나뿐인 이 아파트는 역시 딱 하나뿐인 슈퍼마켓과 세탁소, 중국집, 비디오 가게와 당구장과 이서방치킨을 거느리고 있다. 면사무소와 우체국, 농협도 보라아파트 근처에 옹기종기 모여 앉아 내 생활은 보라아파트 주변을 뱅뱅 돌며 이루어졌다.

슈퍼마켓 옆에 붙은 조그만 세탁소의 주인 고영순 씨는 나와 동갑이다. 좁디좁고, 동굴처럼 컴컴한 세탁소에 오동통하고 키 작은 아줌마가 혼자 칙칙 김을 뿜으며 다림질을 하고 고무 함지에 담긴 이불을 다리 걸어붙이고 퍽퍽 밟으면서 일을 한다. 그러나 세탁소에 세 번을 가면 두 번쯤은 그녀가 없다. 살림에 젬병인 내가 보기에도 아직 세탁이 안 된 옷들이 여기저기 함부로 쌓여 있는 세탁소는 정신이 사납다. 내 자신을 믿을 수가 없어서 옷을 맡길 때 수첩에 적어둔다. 빌로드 치마 하나, 노란 스웨터 하나, 하는 식으로. 그렇지 않으면 그 옷더미 속에서 아주머

니가 내 옷을 가려 챙겨주지 못할 것 같고 나
도 무슨 옷을 맡겼는지 기억 못해 옷을 잃어
버리게 될 것 같기 때문이다. 빨리 입어
야 할 옷을 맡길 때는 찾으러 올
날짜와 시간을 약속하고 왜 그
날 그 옷을 반드시 입어야 하는
지도 설명해 놓는다. 세탁소
아줌마와 나는 그래서 그럭저
럭 큰 불편함 없이 지냈다.

세탁소 아줌마 고영순 씨와 내가 좀더 가까워진 건 올 봄부터다. 그
집 아들 상진이가 중학교에 들어와 우리 반이 된 것이다. 우리는 전과
다르게 더 허리를 숙이고 머리를 조아려 인사하며 쑥스럽게 웃었다. 상
진이는 소문난 악동이라서 초등학교 때는 학교에 걸핏하면 불려 다녔다
고 한다. 나야 같은 동네 살면서 시시때때로 만나니까 상진이 엄마가 학
교까지 불려올 일은 없을 것이다.

"선생님 반이 돼서 얼마나 다행인지 몰라요. 초등학교 때는 정말 학
교에 갈 때마다 얼굴 들기가 어려웠어요."

"그러게요. 문제가 생기면 제가 집에 가는 길에 들르지요, 뭐. 그런데
상진이가 주로 무슨 말썽을 피워요?"

"애는 말도 못하게 착해요. 인정도 많구요. 그런데 그놈에 욱하는 성

질이 있어요. 6학년 때 언젠가는 친구가 아버지 없는 놈이라고 욕을 했대요. 걔를 얼마나 팼는지 아이구……."

"잘 팼네요."

상진 엄마가 눈을 동그랗게 뜨더니 깔깔깔 웃었다. 남편이 사고로 일찍 세상을 떠났다는 말을 누군가에게 듣긴 했었다.

반장 선거하는 날, 상진이가 손을 번쩍 들고 나왔다.

"저는 초등학교 6년 동안 한 번도 반장 부반장을 해본 일이 없습니다. 이제 중학생이 되었으니 한번 반장이 되어서 일을 해보고 싶습니다. 만약 제가 반장이 된다면……."

무슨 공약을 내걸어야 하나 생각이 잘 안 나는지 잠시 머뭇거리다가 해괴한 말을 덧붙였다.

"우리 반을 부정부패 없는 깨끗한 반으로 이끌겠습니다. 부반장이라도 좋으니 뽑아만 주십시오."

아이들이 웃어댔다. 선거철마다 텔레비전에서 왕왕거리는 단어가 시의적절하게도 떠올랐는가보다. 학급의 청소 용구를 책임지겠다는 공약을 한 도현이가 반장이 되고 상진이보다 한 표를 더 얻은 지혜가 부반장이 되었다. 나는 상진이가 원하는 걸 하게 해주고 싶었다. 잠깐 생각하다가 두 명의 부반장을 임명했다. 학생과에서는 잠시 난감해했다. 학급의 임원에겐 가산점이 있는데 한 반만 두 명의 부반장을 둔다면 형평성에 맞지 않는다고 했다.

"그렇긴 하네요. 어떻게 하지? 벌써 부반장 시켜주겠다고 했는데……"

"하기사 학급에 반드시 한 명의 부반장을 둬야 한다는 규정은 없어."

그래서 상진이도 임명장을 받게 되었다. 도현이는 청소 용구를 책임지기는커녕 제 몫의 걸레도 만들어 오지 않았고, 부정부패 없는 반을 만들겠다던 상진이 녀석은 중간고사 때 커닝을 하다 걸리질 않나, 축구를 하다 옆 반 녀석하고 싸워 코피를 터뜨려서 야단을 맞질 않나, 갈수록 가관이었다. 내가 상진이에게 몇 번을 속았는지 지금도 모른다. 남의 답안지를 베꼈다고 영어 선생님에게 불려왔을 때도 절대로 아니라고 하소연을 하는 상진이의 표정에서 거짓을 찾아낼 수가 없었다. 영어 선생님이 상진이를 학생회의실로 데리고 갔다.

"진짜…… 문제가 많기나 하면 몰라. 단어 네 개 시험 봤는데, 지금 다시 비교해 봤거든요. 그걸 똑같이 다 틀렸어요. 그제야 시인을 하는 거야. 담임 선생님께는 제발 말씀드리지 말아 달래. 울면서 올라갔어요."

어떻게 그런 표정으로 거짓말을 할 수 있단 말인가? 녀석이 싸움을 말리는 중에 재균이의 코피가 터졌다고 하면 그냥 믿어지는데, 아이들은 상진이가 말리는 척하면서 재균이를 팼다고 몸짓까지 재현해 보여주는 것이었다. 정말 억울하고 답답하여 견딜 수 없어하는 상진이를 보면 내 가슴이 터질 것 같았다. 저것이 연기라는 말인가? 내 머리로서는 판단이 서지 않아 어영부영 며칠을 흘려보냈다.

"담임 선생님께. 저 아무개여요. 선생님, 우리가 괴로움을 당하는 것도 힘들긴 하지만 상진이가 나쁜 길로 빠지지 않게 상진이를 바로잡아주세요. 상진이는 어제도 정기의 필통에서 볼펜을 다 훔쳐갔어요……"

어느 날 아침 책상 서랍에 우리 반 아이가 넣어둔 길고 긴 편지를 보고 기운이 쭉 빠졌다. 퇴근하는 길에 세탁소에 갔다. 어쩐지 책상 서랍에 색색 볼펜이 가득 차 있어 이게 다 뭐냐고 했더니 친구들에게 빌린 거라고 했다고 상진 엄마는 한숨을 쉬었다. 다음 날 녀석을 사정없이 두들겨 패주었다. 상진이는 몹시 슬프게 울었다. 다리가 뚱뚱 붓도록 맞고 나서, 잘못을 저질렀을 때 깨끗이 시인하겠다는 약속을 했다. 변명이나 거짓말이 입에서 나오려고 하면 얼른 말을 멈추겠다는 약속도 했다.

"죄송해요. 상진이 많이 때려줬어요."

"잘하셨어요. 저도 한번 매를 들면 호되게 다뤄요. 잘 키워야 하는데 어려워요. 어떻게 하든 좋대요, 선생님?"

"저도 잘 몰라요. 상진이만 믿는 거지요 뭐."

도토리 한 알 속엔 이미 참나무가 되는 정보가 들어 있다고 하지 않는가. 세탁소에 앉아서 두런두런 이야기를 하고 왔다. 나로서는 정말 묘책이 없다. 지혜롭지도 못하고 카리스마도 없다.

그러나 상진이에게는 몸을 아끼지 않는 열정이 있다. 며칠 전, 1학년들이 2박 3일 동안 야영을 했는데 첫날 장기 자랑 시간에 상진이는 완전히 스타가 되었다. 첫 번째 보여준 장기는 콧구멍으로 나무젓가락 부러뜨리기였다. 강당이 웃음바다가 되었다. 저걸 연습하면서 얼마나 코가 아팠을지. 안쓰러워할 틈도 없이 두 번째 묘기에 들어갔다. 1.5리터 사이다를 단숨에 마시겠다는 것이다. 아이들이 사이다인지 확인하겠다고 하니까 칙, 소리를 내며 마개를 비틀어 따더니 병을 흔들어 하얀 거품을 보여주었다. 사이다가 콸콸 들어가기 시작했다.

"이상진! 이상진!"

환호가 터져 나오고 사이다 병은 8부쯤 비워졌다. 저러다 큰일 나는 거 아닌가 싶어 조마조마했다.

"상진아 그만해. 그만 됐어!"

내 목소리는 아이들의 함성 속에 묻혀서 들리지도 않았다. 상진이가 입을 떼고 비틀거리더니 아저씨 같은 목소리로 말했다.

"아, 잠깐 기다려어. 나한테두 시간을 좀 줘야잖여. 안 그려?"

그 말이 신호였는지 합판 조각을 들고 도현이와 병욱이가 뛰어나와 태권도 시범을 보였다. 병욱이가 몸을 날려서 한 번은 합판을 깨고 두 번은 실패했는데 앞에 앉은 아이가 제 앞에 떨어진 합판을 들어 손으로 뚝 부러뜨리는 바람에 병욱이 체면이 말이 아니게 되었다. 선생들도 아이들도 허리를 꺾어가며 웃을 때 다시 상진이가 등장하여 남은 사이다를 다 마셨다. 박수가 터져 나왔다.

"선생님 저 화장실 좀 다녀올게요."

"너 괜찮니?"

"삼분의 일쯤 마시면요 앞에 하얀 게 어른어른하구요 숨이 잘 안 쉬어지면서……."

"알았어. 빨리 화장실 먼저 갔다 와."

상진이는 히히 웃고 나갔다. 이어 도현이, 병욱이, 민수, 상진이의 힙합 버라이어티쇼가 있었다. 병욱이는 정말 날렵했다. 민수도 멋있었고, 도현이는 몸을 날렸다가 코를 먼저 박아서 코피를 흘리며 나갔고, 그 빈자리를 상진이의 막춤이 채웠다. 야영 2박 3일 동안 상진이의 활약은 눈부셨다. 속담풀이, 십자말풀이, 수학 퀴즈, 창의성 개발 놀이, 영어 단어 찾기 따위 일곱 관문을 통과해야 하는 흑성산 등반에서도 상진이네 두레가 일등을 했고, 취사장에서 끼니마다 음식 준비를 도맡아 하는 녀석의 모습을 볼 수 있었다. 퓨전 요리 대회 때는 바게트 속에 자장밥을 해서 채운 희한한 요리를 내놓아 좋은 점수를 얻었다. 야영이 끝나고 세탁소에 가서 상진 엄마에게 내 아들 자랑하듯이 수다를 떨었다.

"상진이가 얼마나 멋있었는지 아세요? 요리도 잘하고 춤도 잘 추고 정말 최고였어요. 음식 준비도 도맡아 했어요. 먹어보라고 꼭 챙겨주고요."

사이다 마셨다는 이야기는 뺐다. 왠지 미안해서 말이 안 나왔다.

"제 아빠 닮아서 그래요. 제 아빠가 꼭 상진이 같았거든요. 공부도 그렇게 열심히 하면 얼마나 좋을까."

공부를 열심히 할지 안 할지 모르지만 어디에 던져놓아도 상진이가 누구보다 더 행복하게 신나게 잘살 거라는 걸 나는 확신한다. 물 속에 빠뜨려도 10분 안에 지나가는 고기떼를 불러 지느러미를 얻어 달고 나올 녀석이다.

지금 사는 산골 집으로 이사해 들어오기 전엔 저물녘 한가할 때 베란다에 기대어 서서 보라아파트를 바라보는 때가 많았다. 소영이, 미영이, 상진이, 지애, 어른 못지않은 짐을 짊어지고 벌써 생의 고단함을 알아버린 그 아이들이 거기 산다. 시간이 참 빠르다. 퇴근 후엔 나만의 공간을 갖고 싶다고 피한 아파트를 들락거리며 세 번째 가을을 맞고 있다. 학교 오가는 길에 마주치는 동네 어른들이 상향등을 켜거나 클랙슨을 울려 반가운 인사를 해 오신다. 골목골목 돌아서는 곳마다 아이들과 학부모들이 사는 이 동네가 편안하고 따스하다. 전엔 어떻게 그리 삭막하게 살았을까 싶다. 두 해쯤 지나면 또 어느 낯선 곳에서 집을 구하러 다니겠지. 그때 만약 저런 촌스런 보라색을 칠한 아파트를 만나게 된다면 나는 아마 울 것 같다.

목소리가 들릴 만큼 가까이

콩알만 하던 기수가 3학년이 되고 기수 동생 기용이가 중학생이 되었다. 형제가 어쩌면 그리도 아롱다롱한지 기수는 똥강아지마냥 친구들과 뒹굴며 노느라고 교복에 언제나 먼지가 뽀얀데, 기용이는 깎은선비처럼 단정하다. 기수의 국어 공책은 너덜너덜하고 글씨는 마구 뒹굴어다니는데, 기용이의 공책은 예술이다. 다리 밑에서 모닥불을 피우고 친구들과 둘러앉아 뭘 구워먹고 있는 건 기수고, 친구 집에 초대받아 직접 그리고 오리고 풀칠하여 만든 선물을 가지고 가는 건 기용이다.

기용이가 하루는 형을 붙들고 울면서 엄마 아빠는 오이 하우스에서 저렇게 고생하시는데 형은 매일 놀기만 하면 어떻게 하느냐고, 형 친구는 시험 공부를 하더라고 하소연을 했다고 한다. 기수는 가만히 눈을 깜박이며 동생의 말에 수긍을 하고 있다가 밖에서 친구가 부르자 언제 무슨 일이 있었냐는 듯이 내달려 나갔다는 것이다. 기수는 시의원에 출마

하면 분명히 뽑힐 것이다. 아무
리 못해도 동네 이장은 문제
없을 것이다. 귀여운 기수.

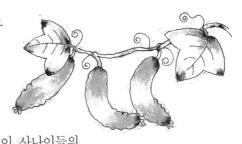

여자 친구가 더 많은 기
용이의 세심하고 다감한 성격이 사나이들의
세계에선 문제가 되기도 하는 모양이다. 기용이가 쓴 두레 일기장을 보
니 친구들이 "기용이도 남자 화장실에를 가네?" 하고 놀렸다고 한다.
기용이는 몹시 슬퍼서 터프하게 보이려고 점심 시간에 목이 메는 걸 참
고 밥숟갈을 크게 떠먹고 평소와는 달리 친구들을 따라 운동장에 나가
축구를 했다. 그리고 이만하면 나를 더 놀리지 않겠지 했는데 웬걸, 그
다음 수업 시간에 아이들이 '새롭다'라는 말을 넣어 짧은 글짓기를 했
는데, '기용이와 문수는 남자 같지 않아 새롭다'라고 썼다고, 원고지까
지 그대로 그려 옮기면서 나도 남자인데, 나는 언제쯤 목소리가 변할까,
하고 일기를 맺고 있었다. 귀여운 기용이. 하느님이 기용이에게 빨리 변
성기를 주셔서 터프한 목소리를 갖게 해주셨으면 좋겠다.

엊그제는 오이 하우스에 붙잡혀 있던 기수 아빠 엄마가 모처럼 놀러
오셨다. 오이는 가만히 들여다보면 크는 게 보인다고 한다.

"오이랑 키 똑같이 해서 나무 저봄을 오이 옆이다가 매달어노믄, 저
녁나절 되믄 젓가락 밑으로 오이가 내려와 있슈. 하루에 5센치씩 큰다
는규. 그러니 하루만 안 따도 전부 왕오이가 돼버려서 값이 떨어지지.

그거 생각하믄 꼼짝 못하는디 오늘은 아주 맘먹고 남들마냥 놀이동산 같은 디는 못 가더라두 가재라두 잡으면서 애들 바람이나 쐬 줄라구 계곡으루 올라가다 선생님 차가 보이길래 들왔지."

　배꼽을 쥐고 동네 이야기, 아이들 이야기를 하며 웃는 동안 소주를 대듯병으로 해치우게 되었다. 나는 여전히 소주 두 잔에 다리가 풀려버렸는데, 기수네가 이끄는 대로 우리 식구 모두 노래방까지 따라가게 되었다. 성적 처리를 해야 한다고 버티긴 했지만 한 시간이면 끝난다고 기수 어머니가 얼른 노래 한 자락 하고 들어와 개운한 기분으로 점수 매기라고 꼬드겼다. 그러나 노래방 주인도 동네 사람이라 내쫓아주질 않고 계속 10분씩 10분씩 서비스를 해주는 바람에 자정을 넘기고 새벽녘에야 돌아왔다.

　기용이가 이정현의 〈와〉를 낭랑하게 부르는 동안 기용이 엄마는 벽을 붙잡고 686 테크노 댄스를 추었다. 우리 동네 어르신들이 모여 놀 때 추는 춤인데 60세에서부터 86세 할아버지까지 소화해 낼 수 있는 테크노라고 한다. 어지러워서 넘어지지 않으려고 벽을 붙잡고 4박자로 추는 테크노다. 어른들이 한 줄로 서서 기용이의 최신 가요에 백 댄서도 해주고, 단하네를 만나게 되어 즐겁고 고맙고 나중에 헤어지더라도 서신은 꼭 주고받자고 하시는 기용이 엄마 아빠와 어울려 노는 동안 나도 성적이고 뭐고 다 잊고 말았다.

　게다가 다음 날은 기수, 기용이 담임 선생님과 오이 하우스에 점심 초대를 받은 날이었다. 어제의 용사들이 다시 뭉쳤다. 오이 넝쿨 200주가 줄줄이 늘어선 비닐하우스는 굉장했다. 저 *끄트머리*를 보면 현기증이 날 정도였다. 이걸 두 분이서 다 따느냐고 기수 담임 선생님이 놀라워하자,

"예, 저는 이짝부터 따 오구, 저니는 저짝부터 따 오다가 중간이서 만나믄 이렇기 윙크하구 지나가지유. 그래야 심심치두 않구."

"뽀뽀도 하시구요?"

"아니, 그건 안 해유. 오이가 놀래서 꼬부라지믄 상품이 떨어지니께."

기용이 엄마는 수줍어하면서도 할 말은 다 하셨다. 바닥에 신문지를 깔고 하우스에서 키운 연한 상추와 배추에 쌈을 싸서 꿀떡꿀떡 넘어가는 맛있는 점심을 먹었다. 시래기 된장국도 그만이었다.

"두 분이 연애 결혼 하셨어요?"

웃느라고 바쁘다가 기수 담임 선생님이 물었다.

"예. 기수 아빠가 고무신을 냅다 던졌는디, 그게 해필 우리 집 감나무에 걸려서 결혼하게 됐슈. 동네 어른이 중매쟁이루 나서줬는디 저니 집이서는 못생기구 쬐끄만 아들이 장가를 못 가구 있다가 중매가 들어오니께 너머너머 좋아서 중매쟁이한티 고춧가루를 시 근이나 선물로 앵겨 보냈슈. 그때는 고춧가루가 아주 귀할 땐디 최고 상품으루다가."

아내는 아주 당당하게 씨억씨억 대답하고 남편은 빙그레 웃기만 했다. 아들을 잘 봐달라는 말도 할 줄 모르고 선생님을 한 번도 대접해 보

지 못했는데 이런 데서라도 점심 한 끼 해드려서 맘이 아주 좋다고 말하는 기수 아빠 엄마에게 우리는 구수한 숭늉까지 얻어 마시고 세상에서 가장 행복한 선생들이 되어 배를 두드리며 학교로 돌아갔다.

사실 나는 끊임없이 일탈을 꿈꾸는 선생이고, 학교는 때로 아주 짜증스러운 곳이다. 그날만 해도 자유총연맹이라는 데서 보낸 '통일 안보 글짓기와 웅변 대회 참가자'라는 걸 뽑아달라는 공문에 교육청의 협조 공문까지 얹혀 날아왔다. 개념조차 아리송한 그 업무를 도덕 선생님과 사회 선생님이 단칼에 거부하자 '독서지도계' 담당자인 나에게로 건너왔다. 말 그대로 나는 독서 지도를 고민하는 교사이지 끊임없이 와서 쌓이는 글짓기 요청 공문 치다꺼리를 하는 사람이 아니다. 공문서철에 보관 정도는 해줄 수 있다고 했더니 교무부장님이 그러라고 하셨다.

가장 비교육적인 장소가 학교라는 생각이 든다. 그런 학교에 아이들은 새벽밥을 먹고 매일매일 찾아와 주고 기수 엄마 아빠처럼 순박한 믿음을 가진 분들은 잘못하는 일이 있으면 호되게 나무라 달라 부탁하면서 애틋한 자식을 맡기는 것이다. 학교를 그만 떠나고 싶다고 무책임한 생각을 하다가도 이럴 때 나는 다시 긴장을 한다.

그 마음들 앞에서는 나도 모르게 내가 가진 것 중 가장 깨끗한 마음을 꺼내 마주앉게 된다. 목소리가 들릴 만큼 가까운 거리에서 부르고 대답하면서 살고 싶어진다.

가끔은 눈감아 주기

내가 나중에 엄마가 된다면, 하고 결심한 것들 중에서 한 번도 어겨 보지 않은 것이 있다. 아무리 바빠도 아침에 아이를 사납게 야단치며 깨우지 않는 것, 웃는 얼굴로 아이의 하루를 열어주는 것이다. 초등학교에 다니는 우리 아이는 나를 닮아서 아침잠이 많다. 후닥닥 일어나지 못하고 이불 위에 엎드려 엉덩이를 하늘로 치켜든 자세로 쪽잠을 자는 것도, 그 바쁜 아침, 세숫대야에 손을 담그고 먼산바라기를 하는 것도 어쩌면 그리 닮았는지 모른다.

나는 아침마다 딸아이의 엉덩이를 토닥거리며 묻는다. 우리 단하 잘 잤어? 좋은 꿈 꿨어? 사소한 것이지만 식구들이 아침에 일어나 웃는 얼굴로 서로를 바라보는 건 내 생각엔 기적이다. 어제 몹시 앓고 약에 취해 잠든 식구가 있다면 아침에 좀 어때, 하고 묻기는 예사롭겠지만 서로를 정말 좋아하지 않고서야 별일도 없는데 눈뜨자마자 히죽히죽 웃음을 주고받기는 어려울 것이다. 그런데 딸을 보면 그렇게 된다. 내 아이가 내 곁에서 편안히 자고 아침을 함께 맞이했다는 사실이 고맙고 뿌듯하여 나는 애인처럼 웃는다. 우리 딸 잘 잤어? 그러면 딸아이는 내 목을 감고 품속으로 파고들며 잠이 잔뜩 묻은 목소리로 엄마, 빨리 눈 떠. 오늘은 회의 없어? 나 안 늦었어? 하고 묻는다. 우리는 더 이상의 해찰이 어려운 시점에서 손 붙잡고 일어나 이 닦고 세수하고 밥 먹고 머리 빗는 일들을 순식간에 해치우고 각자의 학교로 달려간다. 운동장은 항상 텅 비어 있다. 친구들은 벌써 교실에 앉아 학습지를 반쯤은 풀었을 시간이다. 다행히 단하의 담임 선생님은 아침 자습 시간의 지각에 대해 크게 생각하지 않는 분 같다. 엄마가 바쁘시니까 아침에 조금 늦는 것 이해한다고 괜찮다고 오히려 단하를 위로하신다고 한다.

엄마들은 아침마다 전쟁을 할 것이다. 빨리 못 일어나? 너 학교 안 갈래? 왜 준비물을 지금 말해? 얼른 와서 한 숟갈이라도 먹고 가!

왜 아침마다 사랑스런 딸과 전쟁을 해야 한단 말인가? 학습지를 푸는 아침 자습을 위해서? 나도 학교 선생이지만 저 산골짜기에 사는 아이들을 새벽밥 먹게 하고 첫 버스를 타게 하고 학교에 와서 한 시간씩 수업을 기다리게 하며 떠들지도 못하게 하고 돌아다니지도 못하게 하는 이상한 학교 풍토를 이해할 수 없다. 거기에 아이를 끼워 맞추자고 가장 사랑스런 존재와 눈뜨자마자 얼굴을 찌푸릴 생각은 추호도 없다. 제가 영 못 일어나서 지각을 하고 선생님께 야단을 맞고 그게 싫어서 스스로

부지런해진다면 몰라도 말이다. 엄마인 내 몫으로 삼고 싶지는 않다. 아침에 가장 먼저 마주치는 엄마, 나는 자식의 하루를 상쾌하게 열어주는 웃는 엄마이고 싶다.

이것을 누리려면 저것은 감수해야 하는 법이라서 웃는 엄마도 지각이 항상 마음 편한 것만은 아니다. 우리 학교와 한 울타리를 쓰는 고등학교 교감 선생님은 무섭기로 소문난 여선생님이다. 교감 선생님이 교문 앞에 서서 지각생을 잡는 게 나로서는 죽을 맛이다. 지각한 고등학생들을 앞에 세워놓고 마구 잡도리하다가 그 표정 그대로 시선을 내게로 옮길 때는 내가 선생인 것 같지 않고 저절로 주눅 든 고등학생이 되는 것이다. 그때마다 결심한다.

'내가 또 지각을 하면 사람이 아니야.'

하루는 교문에서 건물로 이어지는 언덕을 걸어 올라가는데 실외 화장실 앞에서 남학생들 서너 명이 교감 선생님에게 야단을 맞고 있었다. 아직 지각생을 붙잡을 시간은 아니었다. 화장실에서 담배를 피우다 붙들린 것이다. 그런데 풍경이 묘했다. 화장실 옥상에도 공범으로 짐작되는 남학생들이 있었다. 녀석들은 옥상에 몸을 숨기고 '마귀할멈'이라는 별명으로 불리는 교감 선생님과 제 친구들을 내려다보면서 키득거리는데 교감 선생님은 그것도 모르고 말할 수 없이 엄한 얼굴로 무서운 목소리를 쩌렁쩌렁 울리고 있었다. '저런 망할 놈들'이라고 생각하려고 했는데 그보다 먼저 웃음이 핀 뽑은 폭탄처럼 터져버리려고 해서 고개를 숙이고 얼른 그 곁을 스쳐 지나갔다.

으흑, 오늘 아침에 또 지각을 하고 말았다. 배낭과 노트북과 자질구레한 물건을 담은 쇼핑백을 끌어안고 막 교무실로 뛰어들려는 찰나, 분위기 파악을 해보니 이미 아침 회의가 시작되어 있었다. 3분 지각이었다. 학생부장 선생님이 일어나 무엇인가 이야기하고 있고 다른 선생님들은 자리에 가만히 앉아 있었다. 눈이 마주친 선생님이 낄낄 웃으며 약 올리는 표정을 지었다. 할 수 없이 뒤뜰 현관 앞에 쪼그리고 앉아 회의가 끝나기를 기다렸다. 숨을 돌리며 바라보는 초여름의 아침 하늘은 참으로 화창했다. 밤꽃은 하얗게 피었고 플라타너스 잎도 시원한 초록빛을 머금었다. 아까운 짧은 한때, 정말 아름다운 시간이다.

그런데 오늘 따라 회의가 길다. 아까 그냥 들어갈 걸, 후회가 되는 참인데 불쑥 코앞에 들이대는 자판기 커피 한 잔. 고개를 들어보니 1학년 2반 땅콩만한 진수가 덧니를 드러내며 싱긋 웃고 있었다. 키가 어깨에도 못 미치는 귀여운 녀석이 한 손을 허리에 척 걸치고 건달처럼 서서 커피를 내밀며 "지각하셨어요?" 하고 묻는다. 한껏 멋을 부리는 그 모습이 귀엽고도 같잖다.

"참, 조금만 빨리 일어나시죠. 저도 할머니가 깨우시는데 못 일어나서 지각한 적 있어요. 아침에 선생님한테 뒈지게 혼났어요."

"그래? 왜 그렇게 못 일어났니?"

"밤새 영화 봤거든요."

"무슨 영화?"

"액션."

녀석은 계속 나와 놀려는 생각인지 다리까지 꼬고 서서 건들거렸다.

"살짝 가서 선생님들이 무슨 이야기 하고 계신지 들어볼래?"

슬쩍 묻는 내 말에 잽싸게 달려갔다 오더니,

"교장 선생님이 시간을 지켜달라고 말하고 계세요. 굉장히 근엄한 분위기예요. 그런데 선생님들은 다 딴 짓 하고 계세요. 과학 선생님은 뭘 쓰고 있고, 영어 선생님은 신문 보고 있고, 컴퓨터 쳐다보는 선생님도 계시구요."

녀석이 하는 말이 얼마나 우스운지 소리를 죽여 웃었다. 시간을 지켜달라. 난 참 운도 없지. 왜 하필 지금 그 말씀을 하신단 말인가. 난 죽었다!

수민이, 혜민이, 일호, 서연이, 복이, 미옥이, 미진이, 우리 동네 아이들은 어쩌나 부지런한지 개중에 한때씩 방황하는 놈들 말고는 학교에 가는 동안 이 녀석들을 만나는 일은 거의 없다. 서연이가 자주 교무실에 불려와 담임 선생님께 야단을 맞는 시기엔 학교 가는 길에 서연이를 만난다. 미진이가 수업 시간에 집중하지 않고 딴 짓 하고 귀걸이를 하면서 멋을 부린다 싶으면 미진이를 만나 함께 초 다투기를 하는 때가 생긴다.

야야, 큰일 났다, 빨리 가자. 나도 교장 선생님한테 걸리면 국물도 없어.

우리는 운동장 풀 다 뽑고 토끼걸음도 해야 돼요.

근데 너 밥은 먹었니? 이모네분식에 가서 라면 한 그릇 먹었으면 좋겠다.

선생님, 참으세요.

우리는 이러면서 학교에 온다. 민수와 내가 도중에 기어이 해찰까지 하여 학생지도부 선생님께 걸렸던 날,

"민수 일찍 오는 걸 내가 도중에 심부름을 시켰거든." 하고 풀 뽑기에서 빼주었더니 가방을 들고 입이 귀에 걸리도록 웃으며 나를 돌아보았다. 공범인데 형편이 조금 나은 내가 힘을 쓰는 게 당연하지 않은가. 나는 그렇게 생각한다. 이런 날도 있어야 살지. 지각하는 마음, 규정에 어긋나는 행보가 좀 불안한가.

밥도 제대로 못 먹고 버스에 시달리며 학교에 갔는데 교문 들어서는 순간부터 맞닥뜨리는 게 지각 체크와 복장 검사라는 건 너무 삭막한 것 아닌가? 쇠 울타리를 치고 통제하는 방법 안에선 우리가 바라는 일들이 싹트는 대신 편법이 자란다. 어떤 학생이 학교 담장 너머로 교복 윗도리와 이름표를 던지기에 왜 저러나 했더니, 담장 밖에 있던 아이가 그것을 받아 입고 교문을 통과해 들어왔다. 감탄이 절로 나왔다. 재작년엔 교문 지도를 피해 학교 뒤뜰 담장으로 넘어 다니는 녀석들이 하도 많아서 담장 위에 끈끈이를 칠해 놓았다고 한다. 끈끈이는 파리나 쥐를 잡는 건데, 설마. 모, 모 녀석들의 손이 담장에 달라붙은 모습을 생각하니 배꼽

이 빠지려고 했다. 이제 3학년이 되었으니 저희들 마음도 편치 않겠지. 끈끈이 같은 걸로는 그들을 도울 수 없을 것이다.

내 기억을 더듬어보아도 존중을 받을 때 내 안에서 삶에 대한 열망이 일어났다. 배려를 받고 있다고 느낄 때 날개를 펼칠 수 있는 세상이 넓어졌다. 선생인 우리와 아이들이 나누는 것이 그것이었으면 좋겠다. 한없이 오냐오냐하자는 게 아니고 가끔은 슬쩍 눈감아 주고 넘어가기도 하자는 것이다. 다 아니까. 어쨌든 너는 괜찮은 놈이라는 걸 믿으니까.

똥 누고 가는 새

"너희 선생님 참 좋은 분이신 것 같아."

학교 앞 문방구 솔로몬 아주머니께서 나를 칭찬하셨단다. 그랬더니 우리 아이들이, "나쁜 점도 있어요. 건망증이 심해서요, 어떤 애 생일은 챙겨주고 어떤 애 생일은 안 챙겨주고, 또 종례 때는 계단 올라오다가 다 잊어버려서 다른 반 선생님은 알려주는데 우리 선생님은 안 알려주는 게 많아요" 하고 내 흉을 늘어놓더라는 것이다. 그것 말고도 많은데 많이 봐준 것 같다. 그래도 그렇지, 치사한 놈들, 동네방네 소문을 내고 다니다니.

정말 나는 잊어버리는 것이 많다. '저축의 날' 같은 걸 기억하지 못해 호주머니를 다 털어 아이들이 원하는 만큼 저금액을 채워주고 나중에 받은 일도 있다. 하루는 교실에 들어가 교탁 앞에 딱 서는 순간 교무실에서부터 가지고 올라온 잡다한 전달 사항이 하나도 생각나지 않는 것이다. 아이들은 인사를 하고 내 입만 바라보는데 나는 아이들 얼굴을 바라보며 가만히 서 있었다.

"선생님, 다 잊어버리셨죠?"

눈치 빠른 어느 녀석이 그러는 바람에 미안하게 웃고 말았다. 아이들도 웃어댔다. 그러면서 어른스럽게 나를 위로하는 것이었다.

"괜찮아요. 얼른 옆 반 선생님께 물어보고 오세요."

학생들의 생일을 일일이 기억하기란 나 같은 사람에겐 불가능한 일이다. 나같이 허술한 담임을 만나면 아이들은 스스로 살아남기 위하여 진화한다. 분명히 담임이 빠뜨린 말이 있을 것을 생각하여 옆 반 친구들에게 확인을 하고 교무실 칠판에 적힌 이런저런 소식을 접수하여 거꾸로 내게 일러준다. 자신의 생일을 담임이 기념해 주길 바라는 녀석들은 일주일 전부터 교실 한 귀퉁이에 D-day 6일 전, 5일 전…… 해가면서 제 생일을 써놓는다. 그럴 경우에 나는 솔로몬에 가서 엽서를 쓰고 앙고라 털장갑 아니면 예쁜 필통이나 진노랑빛 파일이나 벽걸이, 비눗방울 같은 작은 선물을 고르는 것이다.

"생일 축하해. 네가 태어나줘서 정말 고마워. 우리 오래오래 친구하자. 그런데 이놈아, 까불지만 말고 공부 좀 해라."

아이들의 생일을 정말 다 기억하고 싶다. 학교 앞 문방구에서 아이들이 좋아하는 선물을 고르고 그걸 책상 위에 올려 놓아주고 별것도 아닌 걸 그렇게도 기뻐하는 아이들의 얼굴을 보는 것도 나의 사소한 즐거움 중 하나이다. 내가 아이들에게 주는 선물은 사실 가벼운 것이다. 아이들이 내게 주는 애틋한 것들에 비하면.

《똥 누고 가는 새》는 작년 스승의 날, 우리 반 영미가 나에게 준 임길택 선생님의 유고 시집이다. 스승의 날이라고 제 용돈을 털어 마련했거나 어머니들이 챙겨 보내신 선물 중에서 그 시집에 먼저 손이 갔다. 시집을 읽는 동안 임길택 선생님의 맑은 시편들이 들꽃처럼 가슴에 피어나 나는 가득하게 행복했다.

앞산 마주하고
혼자 마셔도 좋고

손님 찾아와
둘이 마시면 더욱 좋고

파르스름한 연둣빛
찻잔에 번지는

이른 봄

스님 마을 냉이차
— 냉이차

저희도
더위에 무슨 짜증낼 일 있었는지
누굴 사이에 두고
무슨 다툴 일 있었는지

새란 놈 둘이
땅으로 내려와선
싸우고들 있잖아요!

가만히 지켜보다 말고
가까이 다가갔는데도
나 몰라라 싸우기만 해요, 글쎄.

무슨 이런 놈들이 있나 싶어
그러지들 마라 말려주었지요.

여기 사는 죄로

새들 싸우는 데까지 끼어들어야 하나

잠자리에 누워서도
생각해 보았지요.
─ 살다보니

영미가 어떻게 이런 좋은 시집을 골랐을까. 그 시집의 시편들을 수업
자료로도 사용하고 중간고사 예문으로도 썼다. 나중에 영미가 쓴 두레
일기를 보니, 친구들이 가져온 크고 포장도 예쁜 선물에 가려 자신이 가
져온 얇고 조그만 시집은 보이지도 않았다는 것이다. 자신만 초라한 선
물을 드렸구나, 했는데 선생님이 시집이 참 좋았다고 하셔서 다행이라
고 하는 것이었다. 영미에게 편지를 썼다.

"우리 반에 이런 시집을 고를 줄 아는 안목 있는 학생이 있다는 게 얼
마나 기분이 좋았는지 몰라. 임길택 선생님은 풀꽃처럼 맑고 욕심 없는
시인이셨단다. 그분의 시집 중에 《탄광마을 아이들》은 읽어보았는데
《똥 누고 가는 새》는 아직 못 읽어보았거든. 그래서 더 좋았어. 세상에
초라한 선물이란 없는 거야. 오히려 작고 소박한 물건일수록 마음에 담
는 여백이 큰 거야. 나는 7년 전에 어떤 선생님께 귀이개 하나를 사드렸
거든. 금은방에서 천 원 주고 산 건데 그 선생님이 아직도 열쇠 꾸러미
에 매달고 있는 걸 보고 감동했었지. 나는 우리 반 모두를 그렇게 간직

하고 싶어."

　이 아이들을 간직하고 마당에 똥을 누고 지나가는 새를 바라보며 뭐 그리 급한 일이 있나 허허 웃는 툇마루의 시인처럼 그렇게 살고 싶다.

아버지

　목소리가 옥구슬처럼 또랑또랑하고 눈동자가 까만 선정이의 아빠는 오랜 시간 간암을 앓다가 돌아가셨다. 선정이의 얼굴은 문 밖에서 떠는 아이처럼 한동안 까칠했었다. 선정이가 졸업한 해에 동생 인정이가 입학해서 우리 반이 되었다. 인정이는 언니보다 훨씬 붙임성 있고 밝은 아이였다.

　그런데 어느 날 인정이가 쓴 글을 읽다가 나는 울었다. 우리는 편지 쓰기를 했다. 편지를 쓰고 봉투에 우표를 붙이고 빨간 우체통까지 걸어가며 내 편지를 받을 사람과 나 사이에 은근히 곰삭는 시간을, 이문재 시인의 시처럼 '발효의 시간'을 가져보는 글쓰기. 그러나 인정이의 편지 쓰기는 그렇게 낭만스러운 발효의 시간이 아니었다. 어쩌면 그리도 귀엽고 작고 사랑스런 꼬마아이의 가슴속에 이렇게 슬픈 언어가 자리 잡고 있었단 말인가. 육남매를 둔 가난한 아빠가 식구들을 두고 떠나기까지의 모습이 훤히 그려지는 편지였다. 우리 아버지 생각도 났다. 인정이는 나보다 훨씬 따스하고 착한 딸이다.

따사로운 햇빛처럼 나를 감싸주셨던 아빠. 어느 날 아빠가 아주 나쁜 병으로 하늘로 가셨을 때 참 슬펐어. 우리가 얼마나 슬프고 아빠 없는 나날을 하루하루 맞이해야 한다는 사실이 두려웠는지 알아? 아빠한테 감사하다는 말도 못 드렸는데 그렇게 갑자기 우리를 두고 떠나는 게 어딨어. 이 편지도 아빠가 읽을 수 없는 거야? 엄마는 아빠가 떠난 뒤로 매일 울고 술만 먹고 다녔어. 아빠가 꿈속에 한 번만이라도 나타나서 위로 좀 해주지 그랬어. 그랬으면 엄마도 그러진 않았을 텐데.

아빠, 이렇게 편지를 쓰다보니 아빠와 함께 살았던 날들이 생생하게 떠올라. 거짓말 같기도 해. 우리가 정말 그렇게 살았나 하고 말이야. 옛날에는 돈이 없어서 아빠가 배가 고파 술과 담배를 빨리 배웠다고 그랬지? 그것 때문이야. 그것 때문에 아빠가 이 세상 사람이 아니게 된 거야. 아빠가 고통스러워할 때 내가 대신 아플 수는 없는 것이었나? 아빠 정말 미안해. 아빠가 그렇게 아픈데도 아빠를 위해 아무것도 할 수 없었어. 공부를 잘하면 뭐해, 착하면 뭐해. 내가 아무리 착해도, 공부를 잘한다고 해도 그것이 아빠의 고통을 일 분도 줄여줄 수 없는데 말이야.

아빠, 다른 아이들이 아빠가 용돈 줬다고 자랑할 때 참 부러워. 나도 아빠한테 용돈을 단 한 번만이라도 받아보고 싶어. 아빠 산소에 가서 혼자 중얼거리다 오면 기분이 무척 좋아. 요즘은 안방에 있는 아빠 사진을 봐. 아빠 모습이 아름다워 보여. 끝까지 우리를 걱정하면서 고통과 힘껏 싸운 우리 아빠. 너도 그렇게 열심히 잘 살 수 있다고 하시면서 나를 바라보는 것 같아. 아빠, 우리 언젠가는 만날 수 있겠지. 그렇지? 이대로 영영 헤어지는 건 아니지?

요즘에는 회기가 살이 쪄서 옷이 작아 입질 못해. 아빠가 보면 참 좋아할 거야. 밥도 아주 복스럽게 먹어. 나도 놀랐어. 나는 회기보다 키가 안 크게 생겼어. 학교에서도 1번은 내가 맡아놓고 있어. 나 이렇게 작아서 나중에 시집도 못 가게 되는 건 아닐까? 걱정은 안 해. 엄마도 키가 작지만 아빠처럼 멋진 남자를 만났잖아. 아빠는 내가 본 남자 중에서 가장 멋있는 남자야. 회기가 아빠 어렸을 때랑 많이 닮았다면서? 회기가 크면 아빠가 이 세상에 계실 때 하고 싶었던 일들을 아빠 대신 잘 해내 줄 거야.

아빠, 우리 나중에 만나면 꼭 안고 칭찬해 줄 거지? 아빠가 나 사랑하는 맘 느낄 수 있어. 나도 아빠를 믿을 테니까 아빠도 아빠 딸, 인정이 믿어야 돼. 알았지?

다행히 요즘은 엄마 얼굴이 많이 밝아졌어. 아줌마들이랑 공공 근로 다니시는데 엄마가 웃으니깐 세상에서 울 엄마가 제일 이쁜 거 같아. 나에게 생명을 주신 아빠, 나를 이 세상에 내보내 주고 이만큼 키워주시고 돌아가신 아빠, 정말로 고마워. 아빠가 주신 이 세상 아름답게 살게. 영원히 잊지 않을 거야. 아빠가 나를 사랑했다는 것, 내가 아빠 딸이라는 걸 말이야. 아빠 사랑해.

작은 인정이는 어떻게 벌써 알았을까. 아빠가 식구들을 위해 끝까지 고통과 힘껏 싸웠다는 것을. 최선을 다한 뒤 이제 안방의 사진으로 편안히 남은 아빠의 모습이 아름답다는 사실을 꼬맹이 인정이가 어떻게 벌써 깨달았을까. 조숙한 인정이, 가엾은 인정이, 사랑스러운, 한없이 사랑스러운 우리 인정이. 아빠가 주고 가셨다고 믿는 아름다운 세상에서 살아갈 인정이의 모습은 그 자체로 감동이다. 인정이의 선생인 나는 어떻게 살아야 할까.

우리 아버지는 동그라미를 '똥골배이'라고 발음하는 분이었다. 경상도 사람인 아버지는 충청도에 오래 사는 동안 발음과 억양이 어중간해져 있었다. 어렸을 때 내가 '8'을 잘 못 쓰니까,

"그라마 이래 써라. 똥골배이 작은 거 하나, 그리고 그 밑에 큰 똥골배이 붙이마 돼."

하면서 눈사람 같은 8을 쓰셨다. 옆에 있던 어머니가 하나를 알려줘도 바르게 알려주라며 못마땅한 얼굴로 오른쪽에서 시작하여 그곳에서

맺음하는, 어린아이에겐 참 어려운 '8'을 다시 써주셨다. 어렸을 때부터 어머니는 존경과 두려움의 대상이었고, 아버지는 허점이 많은, 그러나 편안하고 정이 많은 분이었다.

내가 초등학교에 들어간 뒤엔 화투장에 종이를 입혀서 구구단 카드를 만들어주셨고 밤참으로 라면을 끓이면서 자지 말라고 부엌에서 몇 번이나 이름을 불러대던 분도, 종이 위에 딸들의 발을 올려놓고 본을 떠가지고 가서 왕자표 빨간 운동화를 사다 머리맡에 놔주신 분도 아버지였다. 아버지는 잠든 우리를 깨워서 그 운동화를 한 번 보게 했다. 빨간색 예쁜 운동화를 보는 순간의 터질 듯한 기쁨, 다음 날 아침 눈을 뜨는 그 순간부터 안겨오던 행복감, 꿈속까지 설레던 그 느낌.

상장을 받아오면 환하게 웃으면서, "욧씨, 우리 딸 상 받아왔는데 뭘 맨들어주까?" 하셨다. 무슨 뜻인지 그땐 몰랐지만 아버지가 기분이 아주 좋을 때 내는 소리라는 걸 느낄 수 있었으므로 아버지의 입에서 '욧씨'가 흘러나오면 덩달아 기분이 좋았다.

나는 밤마다 이를 갈아서 식구들을 괴롭혔는데 아버지 말씀이 변소에 가서 일을 볼 때 종이를 접어 어금니 사이에 꽉 물고 있으면 이를 안 간다고 해서 변소 갈 때마다 뒷지를 접어 물고 있곤 했다. 그래서 그 버릇이 고쳐졌는지 어쨌는지 모르지만 아버지는 뭔가 정통이 아닌, 그 옆 사잇길의 가볍고 재미나고 소소하며 은밀한 정서를 우리 딸들과 나누었던 것 같다.

아버지는 한평생 군인이었고 의무대 만년 상사였다. 우리 동네 사람들은 아프면 우리 집에 와서 아버지에게 주사를 맞고 약을 얻어갔다. 아버지가 계신 부대의 군인 아저씨들이 학교에 와서 우리들의 썩은 이빨을 뽑아주기도 했다. 나는 한참 자란 뒤에야 아버지의 진짜 성함을 알았다. 아버지의 군복에 박혀 있는 '최상수'는 알고 보니 둘째 큰아버지의 함자였다. 징집 영장이 나오자 형을 대신해서 셋째아들인 아버지가 형의 이름으로 군에 간 것이었다.

이해가 잘 안 되는 말을 아버지는 늘 아무렇지도 않게 하셨다.

"아버지, 학교에서 아버지 직업 알아 오래."

"소령이라고 해. 봐라, 이런 오도바이는 아무나 못 타는 거야. 선생님이 물어보시마 우리 아버지는 소령입니다. 꼭 그래라이?"

"아버지가 소령이야?"

"쫌 있으마 될 거야."

우리는 가끔 6·25 사변 때 아버지가 중공군에 끌려 만주까지 갔던 이야기를 들었는데, 멋진 무용담이 아니라 어떻게 아슬아슬 도망쳐 다녔는가 하는 것이었다. 그것이 아버지였다. 소년 같은 순수함, 천진함이 아버지에겐 있었다. 그러나 아버지는 한 여자의 지아비로서는 점수를 줄 만한 분이 아니었다는 생각이 든다. 저녁 밥 때가 되어 아버지

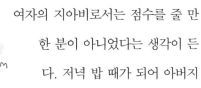

를 찾아 술집에 가자 아버지는 나를 둥근 식탁 앞에 앉히고 빈대떡을 떼어주면서 주인 아주머니에게 우리 큰딸이라고 자랑을 하더니 나보고는 그녀를 작은엄마라고 부르라는 것이었다.

끝내 소령이 되지 못한 아버지는 내가 초등학교 3학년 때쯤 제대를 하셨고, 우리는 시골 외갓집으로 이사를 했다. 아버지는 그때부터 초라해지셨던 것 같다. 어느 날 우리 교실에 아버지가 들어오셔서 '산도닝'이라고 하는 회충약을 팔았다. 나도 손을 들어서 아버지의 회충약을 샀다. 아버지와 외할머니의 사이가 불편해지고 어머니와 아버지가 자주 다투고 어머니와 외할머니의 사이마저 뜨기 시작한 것도 그 즈음이었을 것이다.

"아버지, 달팽이도 집이 있던데 아버지는 한평생을 살았는데도 어떻게 집이 없어?"

개울에서 빨래를 하려고 빨랫돌에 붙은 달팽이들을 떼어내다가 문득 생각난 것이었다. 어떻게 어른이 그렇게 오래 살았는데 집이 없지? 철없는 나는 빨래를 안고 돌아와 아버지에게 그대로 물었다가 뺨을 한 대 얻어맞고 너무 서러워서 골방에 박혀 엉엉 울었다. 아마 아버지가 더 서러웠을 것이다.

결국 아버지는 집을 떠났다. 어머니와 우리 딸들에겐 스스로 해결하고 버텨내야 할 스산한 삶이 남겨졌다. 아버지는 가끔 오셨다. 중학교에 들어갈 때가 되자 가방을 사들고 오셔서 안겨주셨다.

"이거는 마, 다른 아이들은 갖기 힘든 거야. 이게 야광이야. 껌껌할 때 걸어도 차들이나 오토바이가 알아보고 달려들지 못하게꾸로 특별히 만든 거야. 장롱 열고 컴컴한 데 넣어봐라."

장롱 안에 넣자 정말 가방을 잠그는 커다란 단추가 파르스름하게 돋아 올랐다. 얼마나 신기했는지, 다른 애들은 없는 특별한 거라는 말이 나를 더욱 흥분시켰다. 아버지는 대화 수준이 우리와 맞았다. 왕자표 운동화처럼 가슴에 환한 불꽃을 피워 올리던 새 가방, 가방에서 나던 가죽 냄새. 아버지와 만나는 횟수는 점점 줄어들었고 우리는 자라서 처녀가 되었으며, 각자가 고달픈 우리의 삶에 아버지는 더 이상 중요한 존재가 아니었다.

대학을 졸업할 무렵 나는 취직자리를 찾아 서울로 올라갔다. 학원에서 선생 노릇을 하는 동안 셋째동생도 올라왔다. 동생은 아버지가 계신 병원의 원장님에게 전화를 걸어 일자리를 부탁했는데, 원장님이 자기 병원의 물리 치료실에서 일하도록 허락했다. 아버지가 학원으로 전화를 걸어오더니 왜 하필이면 아버지 있는 곳으로 오느냐고 했다.

"왜 하필이면? 체면이 중요해요? 아버지는 속도 편하시네요. 하기야 우리가 어떻게 사는지 아실 리가 없으니 그런 말도 나오겠지요."

부아가 치밀어 올라 마구 퍼부어댔다. 아버지는 지하철역까지 나가 동생을 막으려고 했지만 어떻게 길이 엇갈리는 바람에 동생이 먼저 병원에 도착했다. 아버지는 곧 다시 전화를 걸어왔다.

"같이 있기로 했다. 이 병원이 굉장히 힘든 곳이라 그랬던 거야. 원장이 말도 마구 함부로 한다꼬. 사무장이 말이라, 내가 병원 청소할 때 자기도 같이 한다꼬 했다. 은진이가 보기에 아버지만 청소를 하는 게 아니라 이 병원은 모두가 다 같이 청소를 하는구나 생각하게꾸로."

전화를 끊고 가슴이 먹먹해서 한동안 아무것도 못했다. 그 뒤로 아버지에게 가졌던 서운한 감정을 다 풀었다. 아버지로서가 아니라 한 사람의 서러운 인생이 비로소 보이기 시작했던 것이다. 우리는 아버지가 의사인 줄 알았다. 아버지가 가끔 오실 때마다 병원 냄새가 나는 흰 종이를 한 뭉치씩 들고 와 스케치북으로 쓰라고 나누어주면 친구들에게 우리 아버지 병원에서 가져온 거라고 자랑했었다. 일요일에 병원에 혼자 있는 동생을 만나러 갔더니 동생이 나를 방사선 촬영실로 데리고 가서 필름 보호지 뭉치를 보여주었다.

"언니, 이 종이 기억 나? 우리가 병원 냄새 난다고 좋아했던 그 종이가 바로 이거야. 나는 이거 보고 눈물나더라."

친구가 원장인 병원의 어둡고 비좁은 방사선 촬영실에서 엑스레이를 찍는 기사였던 아버지는 그렇게 마지막 자존심까지 딸들에게 내어주었던 것이다.

인정이는 아빠를 아름답다고 표현했다. 아빠가 식구들을 위해 최선을 다했다는 걸 믿었다. 나는 아직 망설여진다. 훗날 아버지가 돌아가시고 나면 아버지가 우리에게 주었던 사소하고 애틋한 것들로 가슴이 미어질 거라는 걸 안다. 그때는 또 이미 늦어 있을 것이니, 나라는 인간은 왜 이리 더디고도 옹색한가. 인정이가 가지고 태어난 심성이 나보다 한 차원 높고 맑다는 걸 인정이를 보며 수시로 느낀다. 봄날 쑥을 뜯어 씻다가 몸뻬 입고 공공 근로 나온 인정이 어머니를 만났는데 인정이는 손을 흔들며 엄마를 불러댔다.

"선생님이랑 쑥 뜯었어. 떡 할라구."

"그려. 잘했어. 이따 집에 가거든 애기랑 밥 차려 먹여. 엄마 좀 늦을 거여."

엄마가 수건으로 땀을 씻으며 멀어져가자 인정이가 물었다.

"선생님, 우리 엄마 참 이쁘죠?"

"그래. 정말 예쁘시다."

인정아, 나도 너처럼 예뻤으면 좋겠다. 아빠가 주신 이 세상을 아름답게 살았으면 좋겠다.

2

모든 것이 흔적도 없이 사라지는
이 운명을 극복할 수 있는, 허무하지 않은 행위가 뭘까?
가만 눈을 감고 생각하니
캄캄한 수면 위의 연꽃처럼
'사랑' 이란 말이
한 송이 천천히 피어오른다.

삼겹살에 소주 한 잔

"기수 엄마유!"

하고 시작되는 전화는 언제나 뭔가 좋은 일로 나를 불러낸다. 진천 장날인데 구경 가자든가, 만두를 빚었다든가, 칼국수를 끓였다든가, 날이 맑으면 아산 방조제 바닷물까지 보인다는 흑성산 꼭대기에 바람을 쐬러 가자든가. 기수 엄마가 불러내면 나는 어디든지 따라갈 마음의 준비가 되어 있다. 선머스마 같은 기수 엄마와 참한 각시 같은 기수 아빠와 같이 앉아서 이야기를 하면 왜 그렇게 좋은지. 추수 끝난 들판에 앉아서 따사로운 햇볕을 쐬는 기분, 도랑물에 세수를 하는 기분, 땟국이 빠져나가는 기분.

우리 친정 마을 목사님은 내가 하느님으로부터 깊은 사랑을 받는 사람이라는 걸 만날 때마다 느낀다고 하셨는데, 좋은 이웃들이 푸근한 울타리가 되어 내 허물을 가려주는 것, 내 마음을 바로잡아주는 것, 그것이 자격도 없는 내게 주시는 하느님의 가장 큰 선물인 것 같다. 어제도 그 반가운 목소리가 날아왔다.

"내일이 단하 운동회 아뉴? 김밥은 애들이나 멕이구 우리는 삼겹살이라도 구워먹어야지. 단비교회 목사님네랑 경윤네랑 다 연락했으니께 학교 후문 느티나무 아래서 뭉쳐요."

단하가 유치원 다닐 때 운동회 날 냄새를 피우며 삼겹살을 구워먹는 사람들을 보고 놀라던 생각이 났다. 그늘에 앉아 간단하게 유부초밥이나 김밥 도시락 먹는 것밖에는 다른 생각을 못해 보았기 때문에 지글지글 연기가 오르는 고기판이 번잡스럽고도 생소해 보였던 것이다. 어물거리는 동안, 준비는 내가 다 할 테니께 걱정 말구 만나자고 기수 엄마는 시원하게 말씀하시고 전화를 끊었다.

가을 햇살이 맑게 부서지는 목천초등학교 운동장에 러시아 춤곡이 경쾌하게 흘렀다. 빨간 종이치마를 입은 단하와 짝이 되어 춤을 추었다. 마을 운동회라서 아는 얼굴이 많았다. 임희숙의 노래를 잘하시는 명섭이 어머니, 호숫가 산뱅이 사시는 창연이 어머니, 우리 학교에 교생으로 왔던 검도장의 종협 씨도 보았다. 운동장이 시끌벅적했다. 기수 엄마가 바로 앞에 와서 손을 흔드셨다.

얼굴이 까무잡잡한데다 중학생 남자애처럼 짧게 쳐낸 머리, 티셔츠에 반바지와 운동화를 신고 오토바이를 휘달리는 기수 엄마가 화장을 하면 단비교회 사모님과 나는 무척 감동한다. 기수 엄마가 화장을 할 때

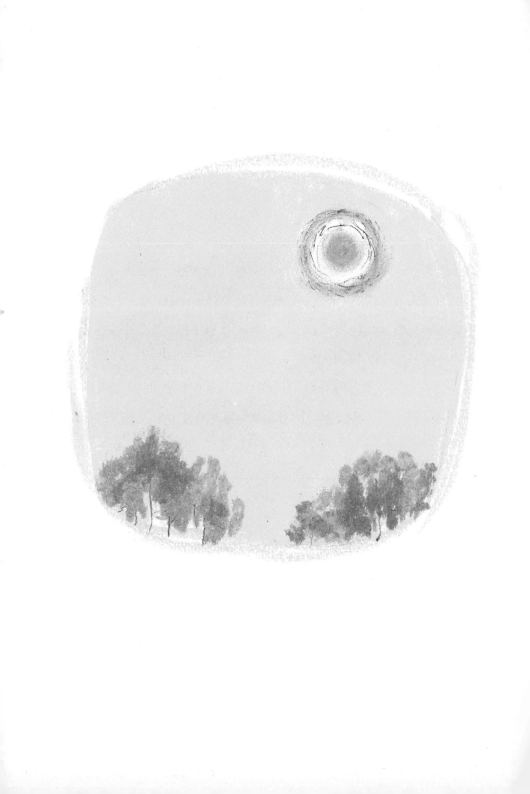

는 아주 중요한 날이라 예의를 갖추어야 한다고 생각하실 때다. 내가 학생회관에서 국악 공연단에 끼여 어설픈 장구 연주를 할 때 기수 아빠는 양복을 입고 기수 엄마는 화장을 하고 꽃 한 송이를 들고 오셨었다. 그 모습을 보니 내가 한 일이 아주 소중한 일로 느껴졌다. 가슴이 뭉클했다. 목사님 댁 막내딸 효비가 태어나 분홍 속옷을 사들고 축하해 주러 갈 때, 큰아들 기수의 졸업식 날, 그리고 오늘처럼 푸짐한 먹을거리를 챙겨 운동회에 오는 날, 화장을 한 기수 엄마의 얼굴은 얼굴이 아니고 그분의 마음이다.

단하는 바구니에 콩 주머니 던져 넣기, 밀가루 속에 숨은 사탕 찾아 먹기 같은 놀이들을 했다. 그리고 엄마와 함께 포크댄스를 한 뒤 곧바로 점심 시간이었다. 우리는 150살 먹은 느티나무 아래에서 뭉쳤다. 아, 그런데 삼겹살이라는 게 원래 그렇게 맛이 있는 건가? 어제 그렇게 고상 떨던 마음이 어디로 달아났는지, 풋고추에 파절임과 마늘, 쌈장을 얹어 싸먹는 삼겹살이 모처럼 입맛을 돋우었다. 기수 엄마는 두텁고 큼지막한 삼겹살을 불판에 노릇노릇 구워 먹기 좋게 썰어주랴, 지나는 사람들 불러 소주잔 건네랴 무척 바쁘셨다.

내가 일하는 목천중학교와 단하네 목천초등학교는 가까운 이웃이라서 수업이 없는 시간과 점심 시간에나 잠깐씩 짬을 내어 와보려고 했는데 동료 선생님들이 수업을 맡아주어서 기용이까지 데리고 땡땡이를 쳤다. 단하 담임 선생님, 기수, 기용이 몫까지 넉넉하게 김밥을 싸느라 아침부터 부산한 하루였다. 어릴 때처럼 계란도 삶고 밤도 굽고 과일도 챙겼다. 촌스럽게 웬 계란을 다 삶아왔느냐고 단비교회 사모님이 흉을 보았다. 가짓수 늘리려고 그랬냐고 목사님도 신도를 배신하고 사모님 편을 들었다.

느티나무 아래로 검도관 관장님과 농악회 아주머니들이 모여들어 흥건한 잔치마당이 되었다. 효비는 이 손에서 저 손으로 옮겨 다니며 귀염을 받았다. 수업도 안 하고 초등학교 운동회에 와서 놀고 있는데 학부모님들은 왜 그리 많은지, 우리 학교 인쇄실 아저씨들도 왔다 갔다 하시고, 고기 굽는 냄새가 문제가 아니라 소주잔까지 오락가락하여 에라 모르겠다, 마음을 풀어버렸다. 앞으로 다른 곳에 가서 살게 될 때라도 운동회 날 사람들이 고기 굽는 걸 보면 흉을 보는 대신 기수 엄마가 보고 싶어질 거라는 생각을 했다.

"아까부터 많이 뵀다 싶었는데 저 윗동네 목사님이시네요. 그때 기수네랑 단하네랑 같이 노래방에서 뵀었지요?"

명섭이 어머니와 목사님이 뒤늦게 알아보고 인사를 나누면서, 기수 엄마가 생각났다는 듯 내 옆에 앉은 아저씨들을 소개하셨다.

"이 아저씨가 권다영이 아빠, 저긴 도병욱이 아빠고. 이분은 다영이, 병욱이 중학교 선생님여요."

그냥 동네 분들이려니 하고 둘러앉아 이런저런 이야기를 하며 점심을 먹던 다영이, 병욱이 아빠와 나는 동시에 일어나 허리를 숙였다.

"아이구 이거, 자식을 맡겨놓구 제가 경황이 없을 때라 찾아뵙지두 못했네요. 정말 죄송합니다."

편안히 앉아 있다가 갑자기 말투부터 바꾸며 재빨리 선생과 학부모의 자세를 취했다. 언제나 부모님들께 듣게 되는 똑같은 인사지만 모두가 다른 목소리로 들리는 건 겉치레 인사가 아니기 때문일 것이다. 그분들은 모두 진심을 담아 그렇게 말씀하신다. 그리고 나도 단하의 담임 선생님 앞에서 어쩔 줄 몰라하며 꼭 그렇게 말한다. 지금은 식구처럼 편안해져서 삼겹살에 소주 한 잔만 놓고도 서로가 생각나 전화를 거는 기수엄마와 경윤이 엄마도 처음엔 그렇게 만났던 것이다.

조커, 학교 가기 싫을 때 쓰는 카드

한 선생님을 소개하고 싶다. 선물 주는 것을 좋아해 선생님이 되었다는 그는 흰머리가 사방으로 뻗쳐 있고, 배불뚝이에 조그만 안경을 코끝에 걸친, 말하자면 새 학기 첫 만남의 자리에서 학생들을 실망시키는 할아버지 선생님이다. 우리 학생들도 눈이 있어서 젊고 예쁜 생머리의 처녀 선생님이나 샤프한 총각 선생님이 담임이 되는 걸 좋아한다. 그러니 그가 담임이라는 걸 알게 되었을 때 아이들은 얼마나 실망했을까?

그렇거나 말거나 새 학기에 교실에 처음 들어가서 반 아이들을 만나자마자 선생님은 대뜸, "너희를 위해 선물을 준비했다"고 말한다. 선생님이 책상 위에 놓아주는 선물꾸러미를 풀어본 아이들은 충격을 받았다. 그건 모두 조커(카드 놀이에서 궁지에 빠졌을 때 쓰는 카드)였는데, 조커마다 놀랄 만한 내용들이 적혀 있었던 것이다.

선생님께 뽀뽀하고 싶을 때 쓰는 조커, 지각하고 싶을 때 쓰는 조커,

준비물을 잊어버렸을 때 쓰는 조커, 벌을 받고 싶지 않을 때 쓰는 조커, 수업 시간에 잘 때 쓰는 조커, 교과서를 빼먹고 안 가져왔을 때 쓰는 조커, 수업 시간에 밖으로 나가고 싶을 때 쓰는 조커, 쉬는 시간이 끝나지 않기를 바랄 때 쓰는 조커, 떠들고 싶을 때 쓰는 조커, 심지어는 학교에 가고 싶지 않을 때 쓰는 조커까지.

"나는 너희들에게 매일매일 선물을 줄 작정이다. 학과 수업 선물, 기술 선물, 동사 변화법 선물. 인생이 내게 준 모든 것들을 선물할 건데, 그 속에는 '천재지변'도 포함되어 있다."

교실마다 중요한 순간에 분위기를 썰렁하게 만드는 녀석이 꼭 하나쯤은 끼어 있는 법이다.

"선생님, '천재지변'이 뭐예요?"

황당하고 특이한 이 상황에서 한 녀석이 단어의 뜻을 묻자, 선생님은,

"자, 여기 마법의 선물이 또 하나 있다. 이 책에는 모든 단어들을 풀 수 있는 열쇠가 들어 있단다."

라고 대답하시며, 사전을 집어 들고 'ㅊ'항목을 펴서 아이들에게 천재지변이 풀이된 곳을 짚어준다.

그가 나눠준 조커는 장난감이 아니었다. 그건 실제로 효력을 발휘하는 선물이었다. 수업이 한창 진행중일 때 분위기를 띄울 생각으로 한 아이가 일어나 미친 듯이 춤을 추기 시작하자, 선생님은 '춤추고 싶을 때

쓰는 조커'를 받아 들고 책상들을 치운 다음 CD 플레이어의 볼륨을 최대로 높인 뒤 로큰롤 춤을 추기 시작한다. 하필이면 그때 교장 선생님이 지나가다가 이 소란스런 교실을 보게 되고 선생님은 당연히 교장실로 소환당한다. 그는 아마 우리 교사들이 한 번쯤은 들었던 충고와 비슷한 말씀을 경청했을 것이다. 기초 학력 신장에 신경을 써줘야 한다든가, 밀도 있는 수업을 하라든가, 학습은 학생의 권리이며 교사의 의무라든가.

교장 선생님으로서도, 학교 가기 싫을 때 쓰는 조커와 떠들고 싶은 조커를 한꺼번에 사용하여 한 반 아이들이 전부 결석을 해버리고, 학교가 떠나가도록 떠들썩한 꼴을 참아내기가 얼마나 힘겨웠겠는가. 게다가 학부모들은 이 해괴한 선생님으로 인하여 아이들이 상급 학교에 진학할 만한 실력을 갖추지 못하게 될까봐 전전긍긍하며 교장실로 전화를 해대니 말이다.

하지만 아이들은 인생이 즐거웠다. 그들이 좋아하는 운동에는 관심이 없는 할아버지 선생님이었지만, 점심 시간에 치약과 칫솔을 선물로 나눠주면서 이를 닦는 법을 가르쳐주고, "치아는 보석이야, 잘 간직해라" 말해 주는 선생님이 그들의 담임이었다.

치아 이야기가 나왔으니 하는 말인데 어저께 나는 간식으로 현미를 볶아 교무실에 가져갔다. 선생님들은 늘 배가 고파 있으므로 오며가며 현미를 한 옴큼씩 집어 들고 오도독오도독 씹어 먹었다.

"그거 먹다가 이 약한 사람은 이빨 부러지는 겨."

교감 선생님께서는 몸을 사렸다. 그리고 잠시 뒤에 그 말씀을 증명하듯 아자작 소리와 함께 내 어금니가 부서졌다. 치과에 간 김에 스케일링을 하고 종합 검진을 해보니 심어야 할 이, 금옷을 입혀줘야 할 이, 빼야 할 사랑니, 충치, 칫솔질을 잘못하여 표면이 패인 이가 골고루 줄을 서 있어 견적이 대략 134만 원이라고 한다. 돈도 돈이지만 치과에 가는 건, 목구멍으로 고무호스를 집어넣는 내시경 진료 다음으로 무서운 일이다. 나는 그때마다 주문을 왼다. 애도 낳았는데 까짓 거, 거기에 비하면 새 발의 피야.

그래도 무섭다. 무서운 것도 무서운 것이지만 치아는 덤이 없다. 젖니를 갈고 나면 그걸 가지고 평생을 고쳐가며 잘 써야 한다. 세균이 침식하고 나면 긁어내고 때우고 씌우고 뽑고 새로 만들어 넣고 하면서 죽을 때까지 치과를 들락거려야 한다. 식사食事가 만사萬事라는 말, 음식이 보약이라는 말에는 치아를 잘 간수하라는 뜻도 담겨 있는가보다.

이야기가 잠시 옆길로 갔는데, 선생님은 그렇게 인생이 그에게 가르쳐준 단순하고도 중요한 것들을 그가 가르치는 아이들에게 선물하는 것이다. 하지만 누군가가 그의 어떤 선물에 대해 선생님, 무슨 뜻인지 하나도 모르겠어요, 하고 말하면 그는 이렇게 대답한다.

"모두 다 이해할 필요는 없다. 필요한 건, 거기서 뭔가 느낄 수 있느냐는 거야."

그것도 그가 아이들보다 한 발 먼저 배운 생의 가르침일 것이다. 이런 대답을 들으면 마음이 푸근할 것 같다. 편안하면서 용기가 생길 것 같다. 아이들은 선생님과 공부하는 게 즐겁고 언제나 학교에 가고 싶었으므로, 사실 학교에 오기 싫을 때 쓰는 조커나 수업 시간에 떠들 때 쓰는 조커를 사용할 필요는 없었다. 그들은 선생님이 그들에게 허용하는 재미를 위하여 한꺼번에 신나는 놀이를 해본 것이었다. 겁이 난 선생님이 '벌 받고 싶지 않을 때 쓰는 조커'를 문틈으로 밀어 넣고 교장실 앞에서 되돌아왔을 때 아이들은 선생님과 자신들을 위로하기 위해 차례차례 그들의 소중한 '선생님에게 뽀뽀하고 싶을 때 쓰는 조커'를 내놓으면서 선생님의 양 볼에 뽀뽀를 한다.

그들은 이제 스스로 남을 위한 조커를 만들 줄 알게 되었다. 아픈 사람을 문병하고 싶을 때 쓰는 조커, 나이 든 사람에게 뽀뽀하고 싶을 때 쓰는 조커, 사랑하기 위한 조커, 또 기특하게도 책 읽는 법을 배우기 위한 조커, 여러 가지 언어를 배우기 위한 조커, 생물 공부를 위한 조커처럼 교과 관련(?) 조커도 등장한다. 하지만 쉽게 드러나지 않는 내부의 변화, 이 조용한 흐름을 자본주의, 시장 경제가 지배하는 학교는 읽어내지 못한다.

선생님이 결국 학교에서 쫓겨나게 되었을 때, 그야말로 천재지변을 당한 그의 제자들은 금빛 잉크로 쓴 조커를 한 장 그에게 선물한다. 그건 '행복하고 영예로운 은퇴 생활을 위한 조커'였다. 그는 제자들의 선물을 기쁘게 받아들여 자신을 잘 대접하기 위해서 우아하고 깨끗한 식당으로 밥을 먹으러 간다. 선생님이 부럽다. 아이들은 성장했고 그는 행복하고 영예롭게 은퇴했다.

아시는 분은 아시겠지만 이 선생님의 이름은 위베르 노엘이고《조커, 학교 가기 싫을 때 쓰는 카드》라는 동화책 속의 주인공이다. 나는 이것이 동화 속의 이야기일 뿐이라고 생각지는 않는다. 그는 교장과 학부모들을 당황하게 했지만 그가 한 일은 가장 자연스런 일이었다. 학생들이 학교 공부를 하려면 일단 학교에 오고 싶어해야 한다. 노엘 선생님의 아이들은 학교가 좋아졌고 공부를 즐거워하게 되었다. 여기에서부터 시작되어야 하는데, 우리는 그것은 제쳐놓고 그 다음부터 시작한다. 바퀴도 안 달고 차를 언덕 위로 잡아끌어 올리는 셈이다.

하지만 우리에게 희망이 있는 것은 우리에게도 곳곳에서 들풀처럼 고요하고 맑은 향기를 퍼뜨리며 학생들과 삶을 나누는 선생님들이 있기 때문이다. 그분들을 보면 숲 속의 오솔길에 들어선 듯 들숨이 시원해진다. 학생들이 그런 선생님을 만나느냐 못 만나느냐는 다 팔자소관인 것 같은데, 못 만나더라도 썩 불행한 일은 아닐 거라는 게 또한 내 생각이다. 나도 중학교 시절에 국어 수업이 끔찍하게 재미없어서 나 같으면 이렇게 해보겠다 하고 속으로 내가 하는 수업을 상상해 보곤 했다. 그러나 되고 보니 나도 별거 아니었다. 나 때문에 또 어떤 아이가 혀를 차며 국어 선생이 될지도 모른다. 생은 참 오묘하고 신비로운 것이다. 그걸 어떻게 교과서에 담고 외우고 시험을 쳐서 줄을 세울 수 있겠는가. 오늘

일기에 이렇게 써야겠다.

"할머니 선생님이 되면 제자들이 생의 궁지에 몰렸을 때 호주머니에서 꺼낼 수 있는 지혜의 조커를 선물할 수 있을 것이다."

욕심이 지나치지만 스스로 흐뭇하다.

부산 갈매기

수업 시간에 환영이와 지민이, 민수가 보이지 않았다.

"걔네요? 집 나간다고 했어요. 부산 갔을 거예요. 민수네 누나가 거기 살거든요. 저보고도 같이 가자고 그랬는데 저는 안 된다고 했어요."

상진이는 술술 불었다. 한심한 놈들, 조직이 저렇게 허술해서야. 그래가지고 어디 독립 운동 제대로 되겠다.

오후에 환영이 엄마가 교무실로 들어오셨다. 녀석들이야 돈 떨어지면 들어올 테고, 겨우 누나네 집이나 찾아가는 주제들이니 뭐 그리 큰 고생도 안 할 것이다. 엄마는 눈물이 핑글 돌면서, 아무렇지도 않았었는데 선생님을 보니 가슴이 마구 뛴다고 하셨다.

환영이는 작년에 우리 반이었다. 신학기 봄철에 환영이가 몹시 아팠다. 나도 중학생 땐 몸이 약해서 학교에 가서도 몹시 앓곤 했었다. 하루는 선생님이 조퇴를 시켜주며 집에 가라고 하셨지만 자전거를 끌고 고개를 넘어 집에까지 갈 일이 꿈만 같았다. 어딘가에 그냥 눕고 싶은 마음뿐이었다. 토하면서 울면서 땀을 뻘뻘 흘리며 집으로 갔고, 가자마자 기진하여 쓰러지고 말았다. 얼굴이 발갛게 달아올라서 휘청휘청 서 있는 환영이를 보니 그때 생각이 났다. 환영이를 차에 태우고 처음으로 북면 오곡리라는 마을엘 갔다. 고불고불 오솔길을 돌고 돌아 한없이 산골짜기로 들어갔다. 우리 동네보다 더한 곳이었다.

"이렇게 먼데서 학교엘 다녔어? 너네 동네는 임진왜란도, 6·25 전쟁도 몰랐을 거 같다."

환영이는 아픈 중에도 대꾸했다.

"원래 독립기념관을 우리 동네에 세우려고 했던 거예요. 우리 동네가 명당이래요."

커다란 감나무 고목들과 계단식 논의 부드러운 곡선과 낮은 지붕들, 앞머리를 깡똥하게 자른 여자애들이 논두렁에 쭈그려 앉아 있고 소가 쟁기로 논을 가는 모습까지 1970년대에서 멈춘 듯한 마을이었다. 환영이를 집에 데려다주고 나와서도 한참 구경을 하다가 학교로 돌아갔다.

"버스를 타고 오는데 우리 아들 어디 가서 굶고 있는 건 아닌가 자꾸 눈물이 나는 거예요. 그런데 옆에 선 아줌마는 남의 속도 모르고 자꾸 내 슬픔을 훼방하는 거 있죠. 창문을 열어 달라, 벨을 눌러 달라."

참지 못하고 웃음을 터뜨렸다. 이장 사모님은 슬플 때도 사람을 웃긴다. 엄하신 아빠 밑에서 환영이가 숨쉴 공간은 어머니의 이런 여유로움

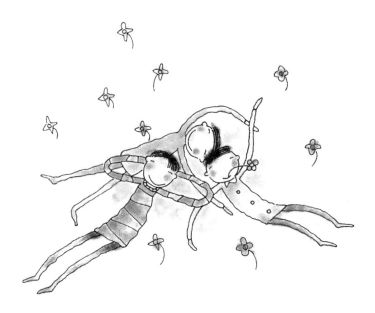

일 것이다.

"선생님, 우리가 지금 좋은 일로 대화하는 거 아닙니다. 우린 지금 울어야 할 때예요."

그 말씀이 더 웃겼다. 그러게요, 하면서도 웃음을 멈추지 못했다. 선생이 이래도 되는 건가. 겉으로 말할 순 없지만 그 녀석들이 어째서 그리 떠돌아다니는지 뻔히 알면서 말이다. 환영이에게서 전화가 왔다. 셋이서 부산 서면 어딘가를 돌아다니고 있다는 것이다.

"선생님이 저, 집에 데려가 주실 거예요?" 하고 조건을 내걸었다. 아빠가 무섭긴 무섭군. 녀석들은 새벽에 천안역에서 만나기로 약속해 놓고 잠에 빠져서 서울까지 갔다가 되돌아왔다. 잠을 설친 나도 후줄근했다.

"미안해. 바빠서 플래카드 못 썼어."

"무슨 플래카드요?"

"환 영!"

나는 아침밥을 준비하고 저희들은 나를 도와 세탁기에서 빨래를 꺼내 널고 식탁에 수저를 챙겨놓으며 이죽거렸다.

"이 시간에 밥을 먹으니까 지각을 하는 거예요, 선생님."

녀석들은 학생부에 불려가 된통 혼나고 하루 종일 복도 청소를 했다. 청소를 하면서도 목을 빼 늘이고 수업하는 교실을 건너다보며 눈이 마주치면 싱긋 웃곤 했다. 아이들은 그 세 놈을 '부산 갈매기'라고 불렀다. 지민이와 민수는 집에서 그냥 용서받았다. 꾸중을 하실 여력도 없을 것이다. 환영이 아빠는 화를 삭이느라 어쩔 줄을 모르고 계셨다. 환영이 아빠가 당신의 방식대로 외아들을 얼마나 끔찍하게 사랑하는지, 그러나 그것이 아들을 어떤 무게로 누르는지 짐작이 된다. 아버지는 너무나 사랑하는 나머지 아들과 여유 있는 거리를 가질 수가 없는 것이다.

"너 언젠가 물었지? 왜 나 하나만 낳았느냐고. 아빠 형제들은 가난해서 하고 싶은 공부도 제대로 못하고 고생고생하며 커서 다 같이 약속한 거야. 우리는 하나만 낳아서 제대로 키우자."

아버지의 마음이 이해되었다. 환영이도 그럴까? 아직은 모를 것이다. 나도 어렸을 때 환영이 아빠처럼 나중에 하나만 낳겠다고 결심했다. 환영이는 아마 나중에 자식을 많이 낳겠다고 생각할 것이다. 환영이처럼 혼자 크는 우리 아이도 엄마가 저 하나만 낳은 것에 불만이 많다. 이 것이 인생의 변증법인가 보다. 자식 이기는 부모 없다고, 숨을 고르면서 한 마디 한 마디 눌러 말씀하시던 아버지는 스스로 음성을 낮추셨다.

"선생님이 오셔서 특별히 용서하는 거. 너는 복이 많은 놈이야. 알기 나 알어? 얼른 밥상 채려. 선생님 시장하시겠어."

우리는 엉덩이가 타도록 군불을 넣은 방에서 따뜻한 저녁밥을 먹었 다. 세 식구의 배웅을 받으며 호두와 홍시를 싼 보자기를 안고 환영이네 집을 나섰다. 환영이가 싱긋 웃으며 바라보았다. 그 웃음을 보니 마음이 놓인다.

모든 결핍과 아픔은 반드시 해결해야 할 과제를 인간에게 남긴다. 지 민이에게도 민수에게도 환영이에게도 아직은 어린 그들이 감당하기에 무거운 짐이 있을 것이다. 두려운 마음으로 생각하곤 한다. 내가 걸어가 는 이 길을 내 아이가 같이 걸어가고 있다는 것, 앞으로 아이가 자라고 살아가는 길이 달라질 때 아이는 나와 함께 걸어온 길 바로 그 지점에서 새로 시작한다는 것을. 내가 아이에게 물려주는 건 내 삶이라는 사실. 나의 결핍과 극복하지 못한 상처를 나도 모르는 사이에 아이의 어깨에 짐으로 얹고 걸을 수 있다는 것.

부모도, 자식도, 선생도, 학생도 우리 모두가 쓸쓸한 어깨를 갖고 있 는 것만 같아서 나는 요즘 가슴이 시리다.

사랑하지 못한 이야기

　나의 모순은 개구리 울음소리는 좋아하지만 개구리는 아주 싫어한다는 것이다. 개구리보다는 차라리 뱀이 낫다. 뱀은 무서워하면 그만이다. 기분이 개구리보다 깔끔하고 단순하다. 개구리는 그 이름만 들어도 미끈하고 축축하고 게다가 약간의 무게감까지 고스란히 느껴야 한다. 뱀을 보면 그것이 어느 쪽으로 가는지 확인해야 하니까 눈앞에서 사라질 때까지 눈을 못 떼고 소리친다. "뱀이다!" 그러나 개구리를 보면 얼른 고개를 돌리고 피해 간다. 여름날 비 온 뒤에 아스팔트길을 운전할 때가 가장 고통스럽다. 어디서 그렇게도 많은 개구리들이 떼로 몰려나와 조그만 조약돌처럼 뿌려져 있는지, 아무리 안 그러려고 해도 그것들을 피하느라 저절로 핸들이 꺾이고 톡톡 개구리 터지는 환청이 고막을 쟁쟁 울린다.

　어렸을 때 개구리한테 몹시 놀란 일이 있었다. 할머니 따라 고구마밭에 가서 손으로 흙을 파다가 '꽥' 고무꽈리 씹는 것 같은 소리를 들었다. 어떻게 된 일인지 내 검지손가락이 개구리 입 속으로 들어가 있었다. 소리를 지르며 치켜 올린 손가락 위에서 개구리가 대롱거렸고 그날은 청심환을 먹은 뒤에야 잠이 들었다. 개구리는 내게 촉각적 심상을 가진 존재다. 그런 주제에, 약속이나 한 듯 한꺼번에 첫 울음을 터뜨리는 개구리 울음소리는 즐기는 것이다. 베개 맡을 돌아 흐르는 어린 날의 개울물 같은 그 소리를 듣고 있으면 아득해진다. 개구리와 개구리 울음소리가 서로 무슨 상관이 있단 말인가.

뱀과는 그렇게 준비 안 된 상태로 느닷없는 조우를 하지 않았기 때문인지 큰 두려움이 없다. 초등학교에 들어가기 전, 어린 내가 어딜 가나 그림자처럼 따라다니던 금순이 언니는 스무 살 갓 넘은 처녀인데도 뱀을 잘 잡았다. 그날도 뒤란 고추밭에서 일하는 언니 옆에서 놀고 있는데, 언니가 "아이구, 저 뱀!" 하고 소리치더니 순식간에 장대를 휘둘러 두 마리 나란히 기어가는 꽃뱀을 때려잡았다. 그리고 나더러 못 도망가게 장대를 밟고 있으라고 했다. 언니가 집 안으로 뛰어 들어가 소주 대두병을 들고 나올 때까지 장대를 밟고 서서 초록색 붉은색 점이 알록달록한 뱀을 지키고 있었다. 그 선명한 빛깔이 지금도 선연하다. 그래서 뱀은 시각적이다.

뱀을 잡아 머리를 소주병 주둥이에 밀어 넣으면 나머지는 저절로 알아서 들어갔다. 언니는 배추를 묶다가도 지네를 잡곤 했다. 지네는 실로 묶어 처마 아래 볕 바른 곳에 매달아 말리는 거다. 씩씩한 언니, 개구리도 언니를 통해 만났더라면 내가 이 지경으로 반편 같은 사람은 안 됐을 거다. 개구리에서 비롯된 두려움은 살아 움직이는 모든 것들, 꿈틀거리는 것, 말캉한 것, 몽실몽실한 것에 같이 적용되어 사람의 아기 빼고는 병아리, 강아지도 못 만지는 바보가 되어버렸다. 이렇게 개구리 이야기를 장황하게 늘어놓은 건 엊그제 내가 아주 나쁜 짓을 저질렀기 때문이다.

우리 집 도리가 낳은 강아지가 죽었다. 하필 집에 나와 어린 딸만 있는 이때에. 강아지는 목이 힘없이 뒤로 꺾인 상태로 눈을 감은 채 죽어 있었다. 도리는 제 새끼가 죽은 걸 아는지 모르는지 한 번씩 혀로 핥으며 지나다녔다. 피어나 보지도 못하고 죽은 조그만 몸뚱이의 힘없는 모습도 너무 가여워서 안 좋았지만 어미가 죽은 새끼 핥는 걸 보는 게 더 못할 짓이었다.

그러나 그 마음은 그 마음이고 죽은 강아지를 만져야 하는 건 또 다른 마음이었다. 어찌할 바를 모르고 헤매다가 그 촉감을 고문처럼 인내하며 간신히 갈퀴 위에 얹었다. 아무리 찾아도 삽이 어디로 도망갔는지 보이질 않았던 것이다. 강아지를 들고 뒷밭으로 가서 풀이 우거진 곳을 시늉만으로 파고 강아지를 묻었다. 묻었다기보다는 감췄다고 하는 것이 옳겠다. 개집에 깔아주었던 짚 덤불을 갈퀴로 끌어내어 태우는데 도리가 맴맴 돌며 짚 덤불의 냄새를 맡았다. 잊어버리라고 국물 내는 멸치를 한 줌 넣어서 개밥을 고급으로 끓여 가지고 먹다 남은 자반고등어도 얹어서 한 바가지 퍼다 주었다. 깜순이와 도리가 싸움질까지 하면서 잘 먹는 걸 보니까 기분이 가벼웠다. 아무래도 사람하곤 다르겠지. 짚 덤불을 태우는 걸 보고 단하가 강아지를 잘 묻어줬느냐고 물었다. 대답이 시원치 않아서 그런가 꼬치꼬치 캐물었다.

"어디에 묻었는데?"

"왜?"

"꽃 놓아주려고."

"저기……"

엉뚱한 밭 끄트머리를 가리켰다. 딸은 국화를 한 송이 꺾어들고 거기로 걸어갔다.

"엄마, 여기야? 여기 흙 조금 올라온 데?"

"응!"

그랬는데 오늘 정말이지 너무나 끔찍한 일이 눈앞에 벌어졌다. 도리의 첫 딸, 그도 두 번이나 새끼내이를 한 깜순이가 죽은 강아지를 입에 물고 나타난 것이다. 제 동생의 시체를 현관 앞마당에 내려놓는 걸 본 나는 눈앞이 캄캄했다. 도리가 그걸 보고 쫓아오더니 강아지를 핥는 것이었다. 무서운 죄책감이 엄습하여 촉감이고 두려움이고 뭐고 온 데 간 데 없어지고 몸이 마구 움직였다. 인간으로서 말 못하는 짐승에게 너무나 못된 짓을 한 것이다. 깜순이는 제 동생의 냄새를 맡고 길 잃은 아이 데려오듯 물어다 제 자리에 놓은 것일까? 아니면 고깃덩어리쯤으로 보여 먹으려고 한 것일까? 도리에게 파묻었던 새끼를 다시 한 번 핥게 한 게 너무 죄스럽고 죽은 뒤에도 대지 속으로 돌아가지 못하고 굴러다닌 강아지에게도 미안했다. 호미를 들고 뛰어가 마당가의 벚나무 아래를 파내 구덩이를 만들고 강아지를 다시 묻었다. 그러고도 마음이 놓이질 않아서 위에 벽돌을 쌓았다. 강아지야, 정말 미안하다. 이제 편안하게 돌아가라.

나는 요즘 나의 어른스럽지 못한 부분을 스스로 참기가 어렵고 사람 됨의 깊이가 고르지 못한 것이 괴롭다. 엊그제는 학교에서 돌아온 딸이 눈을 감고 손을 내밀어보라고 했다. 낮엔 상진이가 같은 주문을 한 뒤에 부들부들 움직이는 고무 거미를 올려놓았다. 선생 체면도 잊고 소리를 지르며 그걸 뿌리치다가 복도에 책도 떨어뜨렸다. 녀석은 책을 집어주며 그렇다고 책까지 집어던지실 건 뭐냐고 느물거렸다. 단하도 그런 장난감을 갖고 온 건 아닌가, 잔뜩 의심하면서 실눈을 뜨고 손을 내밀었는데 딸이 엄마의 손바닥 위에 올려놓은 것은 우유 한 개였다.

"오늘 친구 한 명이 학교에 안 와서 우유가 하나 남았거든. 선생님이 누구 더 먹을 사람, 하셔서 내가 손 번쩍 들고 막 뛰어나갔어. 엄마 드릴

려구."

우유도 안 좋아하는 녀석이 엄마 생각하여 넘어질 뻔하면서 뛰어나가 우유를 받아왔다는 것이다.

"봐, 엄마. 날짜 안 지난 거야. 꼭 먹어야 돼. 딸이 드리는 거니까."

고맙고도 소중하게 그 우유를 받아 냉장고에 넣었다가 다음 날 학교에 들고 갔다. 그러나 그날이 기말고사 시험지 원안 제출하는 날이어서 마무리 점검하고 이원목적분류표 만들고 정답 카드 작성하고 수행 평가 마무리하고 동분서주하느라 우유 마시는 걸 깜박 잊었다. 퇴근한 뒤에도 집안일 하다가 가방 속 들여다볼 틈도 없이 곯아떨어졌다. 다음 날 우유는 가방 속에서 상해 있었다. 엄마가 끝내 그 우유를 상하게 하여 버린 걸 알면 어린 마음이 얼마나 실망될까 싶어 버리지도 못하고 가방 속에 그대로 넣어둔 채이다.

그걸로 세수라도 하면 좋으련만 먹지 못하고 버리기는 하면서 입에 들어갈 우유를 얼굴에 바르는 건 좋지 않게 생각하는 게 나의 또 다른 모순이다. 친구는 내 고해성사를 듣고 네가 그 순간엔 어머나, 어머나, 감동을 하지만 곧 그걸 잊고 다른 곳에 정신을 파는 때가 많다고 충고했다. 그런 나를 느낄 때 나를 사랑하는 사람들은 무척 외로웠을 것이다. 내가 무심하고 잔정이 없는 사람이라는 걸 인정하기가 너무나 힘이 든다. 마음속에 자꾸 변명부터 생겨난다.

친구는 "네가 너무 바쁘기 때문에 사람들이 그런 기분을 느낄 수도 있을 거"라고 말해 주었다. 슬픈 일이다. 그럼 도대체 무엇 때문에 이렇게 바쁘다는 말인가. 모두를 외롭게 하면서 어디에서 동동거리고 있다는 말인가? 일단 달리기를 멈추고 싶다. 멈추고 생각해 보고 싶다.

과학적인 계산으로는 50억 년쯤 뒤에 태양계의 생명이 끝난다고 한다. 세상은 다시 〈창세기〉의 첫 장에서 묘사하는 것처럼 '흑암이 깊음 위에 있는' 처음으로 돌아갈 것이다. 아인슈타인의 놀라운 발견, 인디언의 지혜, 공자, 맹자, 철학도 역사도 과학도 문학도 없다. 있었다는 사실조차도 남지 않는다. 50억 년이라는 것이 지금은 생각할 필요도 없이 먼 이야기 같지만 그도 언젠가는 다가올 시간의 이름이다. 학생들에게 이렇게 물었다.

"문명의 완벽한 소멸이 우리에겐 쉽게 그려지지 않는 이야기이지만 먼 미래의 인류에겐 좀더 당면한 현실이 아니겠어? 기분이 어떨까? 그때 아장아장 걷는 아가를 가진 엄마 아빠나 우리 같은 중학생들은 무슨 생각을 할까?"

질문과 상관없이 엉뚱한 대답이 튀어나왔다.

"그때는 중학생이란 게 없을 거예요."

그래, 맞다. 지금과 같은 기이한 형태의 학교가 문명의 마지막 페이지까지 살아갈 힘이 있겠니? 다시 모든 조건이 만족되어 아메바 같은 단세포 동물이 생겨나고 네안데르탈 인, 오스트랄로피테쿠스, 크로마뇽 인, 호모 사피엔스…… 우리가 이름 지은 것과 비슷한 형태의 생명체가 태어나 직립 보행을 시도하고 동굴 벽화를 그릴 때까지, 또 얼마나 긴 시간이 흑암 위를 흘러갈까. 거북아 거북아, 머리를 내어라. 안 내기만 해 봐라, 구워먹고 말 테니. 부족 국가 사람들이 임금을 얻기 위해 그런 노래들을 지어 부를 때까진 또 얼마나 오랜 시간이 필요할까. 그런 일이 다시 생기긴 할까. 그럼 말이다, 우리가 무슨 일을 한들, 무엇을 만들어 내고 쓰고 그런들 그것들 중에 영원한 생명을 가진 건 하나도 없다는 뜻 아니겠니? 그런데 무엇을 위해 이렇게 바쁜 것일까. 어느 한 가지에도 마음을 다하지 못하면서.

모든 것이 흔적도 없이 사라지는 이 운명을 극복할 수 있는, 허무하지 않은 행위가 뭘까? 가만 눈을 감고 생각하니 캄캄한 수면 위의 연꽃처럼 '사랑'이란 말이 한 송이 천천히 피어오른다. 거창한 이야긴 아니다. 소소한 일상들 속에서 마음을 쓰는 것, 아무리 바빠도 어린 딸이 엄마를 위해 가져온 우유를 잊지 않는 것, 죽은 강아지의 몸을 땅 속으로 깊이 되돌려주는 것, 저절로 그렇게 되는 마음, 그것이 내게 없었던 것에 대해서 생각하고 또 생각하며 천천히 살고 싶다.

나무의 마음, 나무의 생명

"넌 나중에 무슨 일을 하면서 살고 싶니?"

어른들은 왜 누구나 그걸 물어보나 싶더니 나도 그런다. 아침 자습 시간에 교탁에 앉아 학생들의 얼굴을 하나하나 쳐다보고 있으면 궁금해진다. 재범이는 나중에 무슨 일을 하면서 살까? 현기는? 병근이는? 눈이 마주치는 아이는 선생님이 왜 나를 쳐다보고 있나, 얼른 장난치던 걸 멈추거나 만지작거리던 핸드폰을 슬그머니 닫는다.

"이재현! 이리 와봐."

쭈뼛쭈뼛 앞으로 나온 재현에게,

"재현아, 넌 학교 졸업하고 네가 하고 싶은 일을 하면서 살 수 있는 때가 오면 무슨 일을 하고 싶니?"

물었더니, 조그만 목소리로 "의사……"라고 대답했다.

"주사 맞을 때 안 무서워? 난 수지침 동아리 할 때도 무서워서 남들침 놓을 때 뜸만 뜨는데."

"저도 무서워요."

"그런데 어떻게 주사 놓고 수술하려고?"

재현이는 뜻밖의 대답을 했다.

"그런 거 말고. 민간요법 같은 거요. 약초 연구하고……"

난 이런 때 쌓였던 스트레스가 다 날아간다.

"네가 과학을 잘하는 게 다 이유가 있었구나. 만날 인열이, 광식이하
고 떠들기만 하는데 어떻게 과학을 백 점 맞나 궁금했어. 됐다. 이제 재
현이가 내 주치의가 되어주면 되겠어."

재현이가 정말로 산야를 누비며 자연 치유를 공부하는 사람이 된다
면 우린 평생 친구가 되겠지. 그땐 재현이가 나의 스승이 되겠구나. 즐
거운 기대를 나누다가 나는 정말로 걱정이 되어서 안타까운 마음으로
묻는다.

"근데, 너 너무 떠드는 거 아니니? 그러다가 기초를 다 놓쳐서 의사
가 못 되면 어떻게 해. 하여튼 우리 반은 재호, 재현이, 재범이, 재환이,
이 '재' 짜字들 땜에 문제야."

재호와 재환이, 재범이가 일제히 억울하다는 얼굴을 하고 아이들은
웃어댄다.

"선생님, 저 자리를 앞으로 좀 옮겨주세요. 뒤에 있으니까 자꾸 떠들
고 싶어서요. 한번 열심히 해볼게요."

그래서 재현이와 재현이의 짝꿍이 앞에서 두 번째 줄로 끼어들고 두 번째 수호네 아이들은 셋째 줄로 자리를 양보해 주었다. 친구가 공부 좀 해보겠다는데 어쩔 것인가. 아이들에게서 어떤 고유한 빛깔을 느낄 때 나는 매혹된다.

엊그제는 병근이 어머니가 전화를 하셔서 아들 걱정을 하다가 목이 메어 말을 맺지 못했다.

"머리 모양도 이상하고 옷은 빨강, 노랑, 튀는 것만 입구요. 성적표도 안 가지고 와요. 가방엔 책도 공책도 없구요."

병근이 머리는 머슴형이다. 밤송이처럼 돌려 깎았는데 귀 뒤로는 살짝 멋으로 오솔길을 냈다. 소풍날까지만 봐달라고 그래서 봐주고 있는 중이었다. 병근이의 책과 공책은 모두 교실 창턱 책꽂이에 꽂혀 있다. 대신 흐트러지거나 교실 바닥에 함부로 돌아다니거나 잃어버리거나 찢어지거나 하면 혼나기로 되어 있다. 부모님에게 성적표를 안 보여주는 것도 분명 병근이지만, 운동회 때 바람처럼 휘달려 꼴찌하는 800미터 계주를 일등으로 끌어올리는 것도 병근이다. 온종일 달리기 출발선에서 화약총 터지는 소리를 들으며 도우미를 하고는 저녁이 되자 귀가 안 들린다고 한마디 하는 우직함도 병근이 것이다. 일 년 내내 급식실에서 빨간 앞치마를 두르고 국 떠주기 봉사를 하는 것도, 수지침 동아리의 전속 모델로서 평소의 터프한 이미지를 지키느라 침 맞는 두려움을 참고 땀을 조르르 흘리는 것도 병근이의 순한 모습이다. 병근이가 세상을 살아갈 힘은 그런 것일 게다.

아이들에게 절망이 될 때도 많다. 수업하러 들어간 교실이 쓰레기장 같을 때, 책도 공책도 없이 수업 시간 내내 장난치거나 엎어져 잘 때, 제 발 앞에 떨어진 휴지도 제가 안 버렸다고 줍지 않을 때, 매듭을 지을 줄 몰라 쓰레기봉투를 묶지 못할 때…… 하지만 조바심과 걱정과 절망은 내 자신만 주저앉힐 뿐 아무 역할도 하지 못한다. 교탁 앞에서 성질을 부리면 조개들처럼 아이들 마음이 단번에 꽉 닫힌다.

학생들이 부모님의 생신, 어버이날의 선물로 어떤 책이 좋을지 물어 올 때가 가끔 있다. 언젠가는 부모가 될 이 아이들도 읽을 수 있게 되길 바라며 내미는 수첩에 책들의 목록을 정성껏 적어준다. 일본의 궁목수 니시오카 츠네카츠가 구술하고 최성현 선생님이 번역한《나무의 마음, 나무의 생명》도 그 중의 하나인데 그 책에, 동량棟樑은 나무의 성질을 알아보기 위해 산으로 간다는 말이 있다. 나무 하나를 보지 않고 산을 보는 것이다. 생육 장소에 따라 각기 다른 성질로 자란 나무들을 보고 어디에 사용할지를 결정하는 것이 동량의 중요한 임무였다. 오늘날은 기술이 진보하여 뒤틀린 나무도 곧바로 켜서 사용할 수 있으니 목수는 이제 산에 가서 나무를 읽을 필요 없이 제재소에 치수로 나무를 주문한다. 그러나 나무의 성질이란 제재의 단계에서 감춰진다 하더라도 언젠 가는 반드시 나타나는 것이므로, 나무가 가진 개성을 제거해 버리기 위해 합판으로 만들어버린다는 이 글을 읽고 있으면 가슴이 서늘하다. 동량에게 쓸모없는 나무란 없다. 무름과 단단함, 뒤틀림과 곧음이 똑같이 중요한 재료가 된다.

교사가 가져야 할 마음이 동량의 그것과 같아야 할 것 같다. 몸도 마음도 지쳐서 잠깐 마음이 흐트러지면 아이들이 산으로 보이지 않는다. 어떤 아이들은 못된 성깔이 있어서 다루기 어려운 뒤틀린 나무로 보인다. 재호, 재범이, 재현이, 재환이, 병근이, 승식이, 주혁이…… 나의 동산에도 모두 다른 생명과 에너지를 가진 아이들이 오고 간다. 그 마음과 생명을 읽고 교감하고 싶다.

고풍과 조선의 젖

〈조선의 젖〉은 요즘에 학생들과 공부하는 시 가운데 하나이다. 교재로 고른 시를 한 편 칠판에 쓰면 학생들이 공책에 옮겨 적는다. 왠지 마음을 당기는 구절이 있다면 밑줄을 친다. 없으면 안 쳐도 된다. 생각나는 사람이나 떠오르는 일 같은 게 있으면 밑에 몇 줄 적어보고, 그 시에 연관된 것이면 별것 아닌 이야기라도 오락가락 주고받는 게 우리의 시 수업이다.

첫 시간엔 자기 마음에 드는 시를 한 편만 찾아 베껴오고 간단한 소감을 곁들여 오라는 과제를 주었다. 모두 도서실로 달려가 아름다운 시들을 제법 뽑아왔는데 한 사람이 어떻게 책 한 권이나 되는 많은 시를 쓸 수 있는지 놀랍다는 소감이 많아서 나를 웃겼다. 그렇겠지. 압축이란 것도 해야지, 운율도 느껴진다지, 때로는 공감각적인 심상이 나오기도 하지, 뭐가 시가 되는 것인지도 모를 것이고 시 한 편 쓰기가 좀 어렵겠는가.

〈조선의 젖〉을 적으면서 녀석들은 낄낄거리기 시작했다.

대말 교회 옆 한 소쿠리집 할머니는

젖통이 드럼통만하다

올해 예순 아홉이신데

런닝 셔츠를 치켜들고 선 젖통이

그야말로 산봉우리 두 개 매달린 것 같다

이 여름 내가 일하는 연쇄점에 국수 몇 관 사러 오셨다

누구 국수 먹을 일 있습니까?

지집아 시집 보내네

몇째를요?

열 여덟에 시집와설랑 딸 여덟에 아들 하나 낳았는데 이번에

막내 지집아 치우네

하시며 떡 벌어진 어깨에 춤이 실린다. 올망졸망 아들 딸 한

지게 낳았다고 댁호가 한 소쿠리집 할머니

맨머리에 국수 이고 문을 나서는데

젖통이 출렁출렁 들판처럼 흔들린다

— 이상국, 〈조선의 젖〉

맞어, 할머니들은 난닝구만 입고 일 잘 하시잖아요. 젖이 허리까지 이렇게 내려와요.

으하하하, 드럼통만 하대.

제가 어떤 잡지에서 봤는데요 아프리카의 어느 원주민 아줌마는요, 애를 업고 있다가 애기가 젖 달라고 하면 젖을 어깨 뒤로 척 넘겨서 먹인데요.

으으, 징그러워.

그런데 선생님, 댁호가 뭐예요?

그 집의 별명 말이야, 어떤 집은 며느리가 힘이 천하장사라, 돌절구를 번쩍번쩍 들어 옮긴다고 마을 사람들이 '도굿통네' 라고 부른대. 자손이 귀한 어느 집에서는 어렵게 아들 하나를 얻었는데 귀한 아들 솥두껑처럼 단단하게 크라고 그 집은 '소두배이네' 라더라. 전라도 섬 거문도에 그런 별호를 가진 집들이 있대. 이 할머니는 자식이 다 몇이래?

아홉이요. 한평생 애만 난 거예요, 으하하하.

부럽다. 나는 자식이 아들 둘, 딸 둘 이렇게 넷쯤 있었으면 했는데. 기은이, 기주 쌍둥이 자매가 손잡고 나란히 학교 오는 걸 보면 너무 예쁘더라.

선생님, 그 쌍둥이만 보지 말고 얘네 창석이네 쌍둥이를 보세요. 이런 애들을 낳을 수도 있어요. 준석이 오늘도 학교 안 왔잖아요? 학교 오다 봤는데 마당에서 빨래 널고 있었어요.

놔둬라. 준석이는 나중에 크게 될 거다. 곤충에 대해서 준석이보다 더 잘 아는 사람 있어? 사람 일은 모르는 거야.

산에 대해서도 잘 알아요. 걔가 학교에 안 끌려오려고 산으로 튀면 아무도 못 잡아요.

거봐라. 근데 이 〈조선의 젖〉이라는 시, 야하니?

하나도 안 야해요. 할머니가 무척 건강하시군. 애두 쑥쑥 잘 낳고.

그렇지? 이 할머니, 지금도 논일 밭일 겁나게 하실까, 맨날 골골 하면서 보약 다려 잡숫고 약봉지 끼고 사시는 할머니일까?

논일 밭일 겁나게 해요. 우리 동네 할머니들은 다 이래요. 선미 할머니만 빼고.

선미 할머니가 어쨌게?

본인이 있어서 말하기 그렇지만, 하여간 한 소쿠리집 할머니랑은 거리가 멀어요. 히히히. 연약 그 자체예요.

나중에 부인이 건강해서 여행도 함께 다니고 돈도 같이 벌고 일도 같이 하고 건강한 자식 낳아줬으면 좋겠니, 아니면 연약하고 가냘파서 만날 병원 데리고 다니고 싶니?

병원 데리고 다닐래요.

그러렴. 너는 그러기로 운명과 약속한 거지?

노우, 노우!

거봐, 임마. 건강 미인이 진짜 미인인 겨. 김혜수가 최고여. 맞죠, 선생님?

두서없이 웃고 떠드는 동안 저도 모르는 사이에 시라는 형태의 글이 눈에 익숙해지기를, 시를 읽는 법을 깨치게 되기를, 그리고 이렇게 이야기를 나눌 수 있는 시들이 어떤 시들인지 알게 되기를 기대하는 것인데, 아이들은 의외로 시인의 의도를 제대로 짚어내곤 한다. 마음을 당기는 구절을 찾아 밑줄을 긋는 곳도 서로가 일치하는 때가 많아 어른이나 아이나 진실한 곳에 이끌리는 마음은 똑같구나 하는 생각도 하게 된다.

국어 교과서에 실린 〈고풍古風〉 또한 좋은 시를 고르는 안목을 갖게 하는 데 더할 수 없이 좋은 교재다.

분홍색 회장 저고리

남 끝동 자주 고름

긴 치맛자락을

살며시 치켜들고

치마 밑으로 하얀

외씨버선이 고와라

멋들어진 어여머리,

화관 몽두리,

화관 족두리에

황금 용잠 고와라

은은한 장지 그리메

새 치장하고 다소곳이

아침 난간에 섰다.

— 신석초, 〈고풍〉

고풍 의상을 한 한국 여인의 은은한 아름다움이 이 시의 주제라고 한
다. 한 아이는 이 여인이 기생이냐고 물었다. 한 아이는 은행이나 가게
진열장 같은데 보면 유리 상자 안에서 자동적으로 절을 하는 인형이 있
는데 그걸 보고 쓴 것 같다고 했다. 절로 감탄이 나온다. 살아있는 눈은
생명이 살아 숨쉬는 작품과 그렇지 못한 작품을 이렇게 간단하게 구별
해 내는 것이다.

이 시를 보고 여인이 아름답다고 느끼는 아이는 없다. 회장 저고리가
뭔지, 장지와 그리메가 무슨 뜻인지, 무려 아홉 개의 주가 달린 시의 뜻
풀이를 하고 나면 더 나눌 이야기가 없는, 그야말로 수업 분위기를 썰렁
하게 만드는 시다. 가슴으로 젖어 들어오는 시가 아니라 사전을 찾으며
해석한 뒤 어리둥절해지는 시, 저런 모습, 온갖 치장을 다하고 다소곳하
게 서 있는 여성이 아름답다고 무슨 권리로 강요할 수 있단 말인가.

죽어버린 눈으로는 한 소쿠리집 할머니가 가진 아름다움을 가슴 깊
은 곳까지 고이 실어 나를 수 없다. 한 소쿠리집 할머니의 생명력, 출렁
이는 들판 같은, 그야말로 조선의 젖인 할머니의 삶이 나는 너무나 부럽

다. 이 시를 교과서에 신자고 제안한다면? 외설 시비에 걸리진 않을까? 예술 작품으로서야 읽을 만하지만 교과서에 실릴 시로서는 부적절하다고 할지 모르겠다.

"어떤 훌륭한 작품도 어머니가 자식을 완성시켜 세상에 내놓는 것만큼 아름답지는 못하다고 하더라."

내 말에 이어 놀랍게도 한 아이가 '누드 교사'라는 희한한 이름으로 유명해진 김인규 선생님의 이야기를 꺼냈다. 그런 걸 이심전심이라고 하나, 서너 명의 아이들이 문제의 사진에 접속해 본 모양이었다. 어떻더냐고 물었더니 아줌마는 임신을 해서 배가 많이 불렀는데 하나도 야하게 느껴지지 않더라고 같은 대답을 했다. 만약 우리 학교 미술 선생님이 그런 사진을 찍어 작품으로 만들었다면? 아이들은 우하하하 웃었다.

"으윽, 안 볼래요. 그건 작품이 아니라 엽기예요, 엽기."

주안이가 까불어대면서 우리 미술 책에는 그 사진보다 더한 것도 나와요. 활 쏘는 조각, 서 있는 조각, 고추가 다 이따만 해요, 하고 팔뚝을 들어올려서 또 한바탕 웃었다. 누가 뭐래도 아이들은 어른보다 건강하다. 신문이나 인터넷을 통해 밝힌 김인규 선생님의 견해를 정리하여 전해 주고, 그 사진을 통해 선생님이 말하고 싶었던 것이나 〈조선의 젖〉에 표현된 아름다움이 한 줄기라고 나의 생각도 이야기했다.

생각의 차이는 삶의 품격의 차이로 표현된다. 시를 가르치든 소설을 가르치든 이 아이들이 세상을 바라보는 깊은 안목을 갖추는 데 도움을 주고자 하는 열의와 긴 기다림을 가지고 '관계'를 이어가고자 하는 마음과, 각종 대회에 나가 글짓기 상, 그리기 상을 받아오는 것으로 교육의 질을 평가하려는 생각의 사이, 그리고 음란물이냐 인간다운 고뇌냐 하는 평가의 사이에는 얼마나 먼 길이 가로막고 있는가. 마치 〈고풍〉과 〈조선의 젖〉의 다름과도 같이.

낮은 ^{울타리}

전에 나는 퇴근 후의 내 생활이 학교와 학생들로부터 완전히 해방되기를 바랐다. 학교에 있는 동안은 학생들과 더불어 지내며 최선을 다하되, 퇴근 뒤엔 교사가 아니라 민간인(?)으로서 자유롭게 지내기를 원했다. 좋은 선생이 되기 위해서도 나만의 시간이 반드시 필요하다고 믿었다. 그렇게 금을 긋듯 생활을 양분하는 게 가능하다고 생각했나보다.

자세한 기억은 잘 안 나는데 우리가 초등학교 다닐 때는 교과서에 키다리 아저씨가 나오는 동화가 있었다. 높은 담장을 둘러친 대궐 같은 집에 키다리 아저씨가 혼자 산다. 그는 마을 사람들과 어울리지 않고 또 아무도 그 집에 놀러가지 않는다. 찬바람 부는 그 집 마당으로 동네 어린이들이 몰래 들어간다. 키다리네 마당에서 나무에 올라가 놀던 아이들이 그에게 들켜서 겁을 집어먹고 달아나던가? 키다리가 울고 있는 작은 어린이를 안아 올려 나무 위에 올려주었던가? 키다리는 자기의 외로

114

운 마당을 찾아와 준 어린이들에게 마음을 열어준다. 그로써 높은 담장
은 무너지고 따스한 바람과 햇볕이 넘어 들어와 비로소 나무엔 꽃이 피
고 새가 날아온다는 이야기다.

내 이야기 같다. 내가 퇴근 뒤에도 여전히 학생들을 만나고 많은 시
간을 함께 보내게 된 것은 내가 먼저 대문을 열어주어서가 아니라 아이
들이 내 담장을 넘나들기 시작하면서 그것이 얼마나 좋은 일인가 맛을
알게 해주었기 때문이다. 아이들은 우리 집을 드나들며 공부도 하고 숙
제도 하고 풀도 뽑아주고 저희끼리 아무것도 아닌 이야기를 하며 숨이
넘어가게 웃고 게임도 하고 마당에서 강아지들과 어울려 놀며 재미나게
놀다 가곤 한다.

재작년 어린이날엔 딸아이와 함께 놀이 공원에 갔다가 뙤약볕과 줄
서기에 지쳐 짜증이 날 대로 난 식구들이 모두 말씀 아닌 기분으로 돌아
왔었다. 올해 어린이날엔 학생들이 우리 집에 놀러오겠다고 해서 얼른
그러라고 했다. 우리 아이가 학교 언니 오빠 들이 오면 좋아서 어쩔 줄
모르기 때문에 서로 좋은 일이었다. 덕분에 우리는 고생 안 하고 집에서
넉넉하고 편안하게 놀며 지냈다. 놀러와 있던 조카도 좋아했다. 시누이
는 국수 말아주고 떡볶이랑 김밥이랑 맛있는
간식을 챙겨주어서 정말 어린이
날 같았다.

우리 집이 아파트

가 아니고 대문도 없는 시골집이어서 그렇기도 하겠지만 그렇게 한번 담장이 사라지고 나니 학생들뿐 아니고 동물들도 모여들기 시작해서 마당에 들어서면 일곱 마리의 강아지들이 달려 나온다. 단하 아빠가 여행을 갔다가 길가에 버려진 강아지를 데려온 게 시작이었다. 딸은 목에 하얀 털이 둘렸다고 강아지 이름을 목도리라고 지었다. 도리는 금방 자라 이웃집 강아지들과 어울리더니 두 마리의 새끼를 낳아 각각 깜순이와 보리라는 이름을 얻었다. 깜순이는 까만 털에 윤기가 자르르 흐르는 암캉아지고, 보리는 숫기 없고 겁 많은 누렁 수캉아지다.

강아지들이 불어나서 걱정인데 깜순이와 보리가 제 어미만큼 크자 도리가 세 마리의 강아지를 더 낳았다. 그 중에 한 마리는 죽고 흰둥이와 누렁이 둘만 남아 지금 온 식구의 사랑을 독차지하고 있다. 질세라 깜순이도 시집 갈 때가 되어 이웃집의 털북숭이 개 두 마리가 노상 우리집에 와 살면서, 들고나는 주인들의 마중과 배웅을 마치 저희 집이기라도 한 것처럼 착실하게 하고 있다. 아이구 집안이 완전히 개판이야, 식량도 팍팍 줄고, 투덜거리면서도 기분이 좋다. 동물들이 우리 집에 깃들어 키가 크고 살이 찌고 우리 딸과, 학생들, 꼬마 손님들과 뒹굴며 놀아주는 게 고맙다.

뒷집의 암탉은 왜 그러는지 새벽마다 꼭 내 방 창문 앞에 와서 목청을 뽑아 올린다. 버튼을 눌러 멈출 수도 없는 아주 괴로운 알람시계이다. 떠돌이 고양이는 추녀 밑의 손수레 속에 숨어들어 세 마리의 새끼

고양이를 낳았다. 엊그제는 우리 학교의 이민혁 선생님이 아파트에선 도저히 키울 수가 없다며 병아리를 데리고 왔다.

2학년 은혜가 우리 집 개들을 보고 큰 개 한 마리만 주면 안 되느냐고 물었다. 식구들과 의논한 결과 보리를 주기로 했다. 보리를 데려다주러 은혜네 집에 갔다. 어머니가 스파게티를 해놓고 기다리고 계셨다. 빵도 구워주시고 독일식 토마토 샐러드도 해주셨다. 우리는 같이 밥을 먹으면서 좋은 이웃으로 지내자고 약속했다. 환영이는 도리를 달라고 한다. 저희 동네에 온통 도리의 자손을 퍼뜨려 마을을 평정하겠다나. 과연 이장님의 아들답다. 강아지들이 우리 학생들의 집으로 한 마리씩 장가나 시집을 가게 되니 이 녀석들과 나는 사돈지간인가?

내 사생활을 보호하겠다고 담장을 둘러치고 전엔 어떻게 그렇게 삭막하게 살았나싶다. 아이들 때문에 나는 조금씩 사람이 되어간다.

금순이 언니

　인물을 주제로 한 시 쓰기 시간에 1학년 다혜가 쓴 〈금순이 언니〉를 읽으면서 웃었다. 지금 아이들의 이름으로 세력을 얻고 있는 것이 한결이, 새날, 강산, 단비, 새별, 소영, 은지, 수연처럼 시대의 소망을 담거나 예쁘장한 어감을 가진 것들이라면, 우리 시대의 이름은 주로 은숙이, 미숙이, 경숙이, 순자, 미자이고, 그 바로 윗자리를 차지하고 있는 이름 중 압도적이고 상징적인 이름이 바로 '금순이'가 아닌가 싶어서. 노래도 있잖은가? 굳세어라, 금순아.

　금순이라는 이름을 가진 여성들의 삶은 안쓰럽게도 서로 닮은 데가 있다. 다혜의 이웃집에 살던 금순이 언니도 술에 절어 사는 아버지와 늘 두들겨 맞는 어머니를 부모로 둔 소녀였다. 금순이 언니는 다혜를 위해 모든 걸 다 해주었다. 맛있는 것이 생기면 숨겨두었다 손에 쥐어주었고, 소꿉놀이를 할 때도 기꺼이 주인공 다혜를 위한 조연을 맡아주었다. 그런데 어느 날 다혜는 금순이 언니 옆집 사는 현숙이 언니에게 마음을 빼앗기게 된다. 현숙이 언니는 예쁘고 세련되었으며 앉을 자리도 없을 만큼 지저분한 금순이 언니네 집과는 달리 깔끔하게 정돈된 집에서 산다. 다혜는 자신에게 모든 것을 준 금순이 언니를 배신했다고 시에 쓰고 있었다.

내게도 어린 시절의 거의 전부를, 그 느낌과 색깔과 소리를 지배하는 금순이 언니가 있다. 언니는 우리 외할머니 댁에서 자랐고, 내가 초등학교에 입학할 즈음엔 혼기가 찬 처녀가 되어 있었다. 외가에 한동안 맡겨졌던 내게 금순이 언니는 엄마의 자리를 대신하는 존재였다. 언니는 웃음소리가 호탕하고 표정이 밝으며 부지런하고 야무지고 씩씩한 사람이었다.

언니가 물을 길러 사립문 밖 시암에 가면 나는 쫄랑거리고 따라갔다. 언니가 두레박을 시암에 던지면 단번에 바가지가 물 속으로 엎어져 들어가면서 차가운 샘물이 철철 올라와 두 개의 양동이를 채웠다. 양쪽 손에 물 양동이를 들고 조붓한 오솔길을 걷던 언니, 부엌의 가마솥을 다 채울 때까지 따라다니는 나를 돌아보며 웃던 언니의 드높고 맑은 웃음소리가 들리는

것만 같다. 언니는 어디든지 나를 데리고 갔다. 빨래하러 개울에 갈 때도, 마을 공터에 반공 영화가 들어와 구경 갈 때도, 밤에 냇가로 목욕 갈 때도, 국수 사러 방앗간에 갈 때도.

늘 다정하기만 한 건 아니었다. 주전자 하나씩 들고 뽕나무밭에 오디를 따러 가는 동네 아이들 속에 끼여 갔다가 비를 만나 쫄딱 젖어 돌아오는데, 언니가 길에 나와 서성거리다가 어딜 가면 간다고 말을 해야지 말도 없이 사라지면 어떻게 하느냐고 마구 야단을 쳤다. 뒷산에 동네 언니들과 놀러 갔다가 가파른 비탈길을 내려오지 못해 울고 있을 때도 짱가처럼 나타나서는 바보 같은 나를 호되게 나무랐다. 나를 그냥 버려두고 간 언니들도 역시 눈물이 쏙 빠지게 혼이 났다. 금순 언니는 호락호락한 사람이 아니었다. 언니의 목소리, 입던 옷의 색깔, 그 표정……

"어쩐지 자다 일어나서 내둥 안 가던 할아버지 방으로 얌전히 건너가길래 웬일인가 했더니, 오줌은 싸놓고 말도 없이 깍대기만 홀라당 벗어놓구 갔네그랴."

이것은 오줌을 싸서 할아버지 등 뒤에 숨어 있는 나에게 야단치던 목소리다.

"하하하하. 언니한테 들키기 전에 얼른 집어야 되겠는데 잘 안 되지?"

이건 수제비를 먹다가 흘렸는데 아무리 집으려고 애를 써도 자꾸만 더 끊어지고 손에 잡히지 않아 애를 쓸 때 나를 끌어안고 웃음을 터뜨리며 한 말.

맏며느리감이라고, 부녀회장감이라고 칭찬이 자자했지만 동네에 연애 소문 한 번 안 내고 깔끔하게 집안 살림을 하던 그녀는 외할머니의 친정 조카에게 시집을 가서 정말 맏며느리에 그 마을의 부녀회장이 되었다. 할아버지가 돌아가셨을 때 언니는 통곡을 터뜨리며 달려 들어와 할아버지의 상여 속을 파고들었다. 언니가 하도 서럽게 우는 바람에 언니를 상여에서 떼어내던 어른들이 다시 곡을 했었다.

이제는 손주 재롱을 보는 금순이 언니가 얼마 전, 고추장에 절인 마늘장아찌를 한 병 보내주었다. 마늘장아찌는 한 편 한 편의 그림을 밥상 앞으로 불러왔다. 대청마루의 모기장 속에서 복숭아를 깎아먹을 때 매캐한 모기향과 무더운 바람을 콧속으로 불어넣던 부채질, 어린 마음을 더 우울하게 하던 라디오 프로그램 '법창 야화' '전설 따라 삼천리'의 내레이션. 낮엔 언니를 따라다니며 바쁘게 노느라 잊고 지냈던 쓸쓸함이 해가 지면서 들려오는 모든 소리들을 슬프게 채색했다. 밤 개구리 울음소리, 소쩍새 울음, 엄마가 보고 싶다는 구체적인 생각을 하며 운 기억은 없지만 엄마의 부재감이 주는 그 우울함을 금순이 언니와 함께 견뎠다. 그 소리들을 나는 지금 얼마나 좋아하며 사는가.

문득 차창 밖으로 물가에 선 팽나무들의 그림 같은 모습을 보면 줄거리를 알 수 없는 알싸함, 아련한 슬픔이 가슴에 번진다. 이것이 뭘까. 팽나무를 물끄러미 바라보다가 어느 순간 나는 어린 시절 개울가의 풍경을 생각하고 있다. 그곳에 빨래하는 금순 언니가 있다. 앞산에 부딪쳐 팡팡 울려오던 언니의 방망이질 소리, 그리고 깔깔거리며 목욕하던 푸른 달밤의 고즈넉하고 신비한 빛깔이 있다. 내가 꿈꾸는 최고의 사치는 마당에서 저절로 솟는 돌우물 하나를 갖는 것인데, 그곳에도 역시 금순 언니가 경쾌하게 던져 넣던 두레박이 있다. 언니는 엄마의 빈자리에 자신의 씩씩한 삶을 채워준 사람이었다.

인간이 겪는 최고의 형벌은 사랑하는 사람의 부재不在일 것이다. 그게 뭔지도 정확히 모르면서 저녁 어스름의 우울함을 참던 그 기억으로 인해 나는 사람을 잃는 아픔을 두려워하며 사람을 잃은 아픔을 이해한다. 저절로 마음이 가는 아이들이 있다. 희용이, 연지, 혜승이, 인정이, 경화, 지민이, 상진이. 그 아이들은 밤 개구리 울음, 소쩍새 소리 같은 것이 괜찮을까? 분명하게 표현할 수도 없는 쓸쓸함에 마음을 베이고 있지 않을까? 금순이 언니처럼 나도 한때를 이 아이들 곁에 있어주고 싶다.

나는 왜 한글을 가르치려고 했나

여름방학을 며칠 앞두고 재현이가 공책과 볼펜을 들고 와서 쓰는 시늉을 했다.

"연애 편지 써달라고 하는 거예요. 3반 경혜한테요."

통역사로 따라온 진수가 속삭였다.

"너, 경혜 좋아해?"

나도 속삭였다. 재현이는 항상 웃는 그 얼굴로 마주보며 고개를 끄덕였다.

빨리 개학했으면 좋겠다, 방학 때 잘 지내, 네가 좋아. 재현이가 부르는 대로 "개학하고 만나자" 하고 인사를 적은 다음 공책을 돌려주었더니 볼펜을 다시 쥐어주며 비밀이라는 말도 쓰라고 했다. 끄트머리에 크게 '비밀'을 써넣었다. 재현이가 귀엽다는 생각도 들었지만 안타깝고 불안했다. 지금과 같은 상황이 달라지지 않는다면 재현이는 중학교를 졸업할 때까지도 한글을 깨칠 수 없을 것이다. 교육청에서 한글 미해득자를 위한 프로그램을 운영하라는 지시는 내려보내지만 솔직하게 말하면 나는 어떻게 해야 한글을 쉽게 가르칠 수 있는지 방법을 알지 못하고 나 같은 교사를 위한 프로그램은 어느 곳에도 없다. 아무것도 이해하지 못하면서 그냥 교실에 앉아 있는 재현이를 위해서 수업 시간에 할 수 있는 일은 기껏 한 문장을 적어주고, 읽어주고, 쓰게 한 뒤에, 재현이와는 상관없는 수업을 진행하는 것이다. 그러한 때 재현이와 같은 아이들이 느끼는 세상이 어떨까, 외롭고 답답하고 무서울 것 같다. 아이들이 말을 잃고 표정을 잃고 친구들과 잘 사귀지 못하며 아무것도 아닌 일에도 곧잘 공격적인 태도를 취하는 것이 그 때문일 것이다. 시험을 잘 보는 아이들은 따로 모아놓고 특별 수업을 하고 경시 대회도 마련하면서 재현이와 같은 아이들을 위해서는 기본적인 프로그램조차 없다는 것이 안타깝다.

그런데 여름방학이 되어 강원도 태백의 예수원에 며칠 머무는 동안 나는 아주 멋진 경험을 했다. 마침 문맹퇴치선교회를 이끌고 있는 라이스 박사님이 예수원에 오셔서 세미나를 주재하고 계셨다. 그분은 여든 셋의 노인이셨다. 국과 김치, 반찬 한 가지, 물 한 잔이 있는 예수원의 밥상 앞에 앉아 똑같이 식사를 하며 예배와 세미나와 강의에 진지하고 열정적으로 임하시는 모습이 참 아름다웠다.

"이 그림은 '달'의 그림입니다. '달'이라고 해보세요. 이 글자는 '달'

입니다. '달' 이라고 해보세요. (ㄹ을 가리고) 달은 '다' 로 시작합니다. '다' 라고 해보세요. (ㄷ을 가리고) '다' 는 '아' 로 끝납니다. '아' 라고 해보세요. 이것 또한 '아' 입니다. '아' 라고 해보세요. 이것은 무엇입니까? (아.) 이것은? (아.) 이 글자는 무엇입니까? (달.) 차암 잘하셨습니다."

단순명료하면서도 과학적이고 철저하게 학습자의 인격을 존중하는 한글 교재와 교수 학습 방식을 경험하고 나는 심한 부끄러움을 느꼈다. 그동안 너무 무지하고 교만했음을 뉘우쳤다. 라이스 박사님은 읽고 쓰는 법만 가르치는 게 아니라 그 과정을 통해 그들의 마음속에 하느님의 말씀을, 빛을 불어넣는 것, 예수께로 가는 다리를 놓는다고 했다.

교재의 첫 단원이 시작되었을 때, 강사 자매님이 차트의 오른쪽에 서자, 라이스 박사님이 그렇게 서면 학생들의 시야를 가린다고 지적했다. 글자를 가리킬 때도 배우는 사람에게 친밀감과 편안함을 주기 위해 지시봉이나 다른 도구를 절대 사용하지 않고 반드시 손가락을 사용하게 했다. 두 글자를 함께 짚을 땐 한 부분을 짚거나 마구 동그라미를 그리거나 하지 않고 순서대로 손가락을 옆으로 죽 금을 그으며 옮겨가게 하여 배우는 이가 혼동하지 않고 정확히 알도록 했다. 처음부터 끝까지 배우는 사람의 입장에서 자존심을 배려하고 용기를 북돋워주며 인격적으로 대하는 교육 과정이었다. 각 과정에서 학습되지 않은 글자는 언제든지 처음으로 되돌아가 아주 쉽게 확인할 수 있게 되어 있고 그 모든 과정이 한눈에 들어오도록 구조화되어 있었다.

"이것은 테크닉이 아닙니다. 그들을 존중하고 사랑하면서 천천히, 그들의 입장에서 섬기는 일입니다."

그 말씀을 듣고 나는 왜 글을 읽지 못하는 학생들을 가르치려고 했나, 근본적인 질문을 해보았다. 정확히 말하면 별 생각이 없었던 것 같다. 당연히 읽고 쓸 줄 알아야 한다, 초등학교 6년, 중학교 3년 긴 시간을 학교에 다니는 아이들에게 읽고 쓰는 법도 못 가르친다면 교사로서 직무유기라는 생각 정도 했을 것이다. 예수원에서 나는 어떤 일을 시작하고 진행하는 데 있어서 목적에 따라 그 과정과 열매가 천차만별로 달라질 수 있다는 걸 느꼈다. 문맹 퇴치 선교를 위해 일하는 분들은 한 사람 한 사람의 영혼을 생각했고 그들이 하느님의 사람이 되어 진정한 자존감을 회복하는 것에 목적을 두고 그들을 섬기고자 했다.

재현이가 공책에 내 이름을 써달라고 하여 써주었더니 거의 한 장을 같은 글자로 채운 다음 그걸 '선생님'이라고 읽었을 때, 나는 웃음을 터뜨렸고, 까마득하다, 언제 가르치나, 싶었다. 천천히, 재현이의 속도로, 재현이의 눈이 열리고 마음이 열리고 자존감을 회복하며 자신이 하느님의 소중한 사람이라는 걸 깨달을 때까지 기도하는 마음 같은 건 생각도 못했다. 그러므로 교무실에서나 교실에서나 닥치는 대로 내게 틈이 생길 때 선생이랍시고 재현이에게 죄를 지었던 것이다.

다른 일정이 바빠 세미나를 다 들을 수 없는 것이 안타까웠다. 짬짬

이 비디오 카메라를 들고 청강한 내용은 극히 일부분에 불과하지만 적어도 지금까지 내가 해온 방법, 학생들에게 상처를 입히고 더욱 큰 열등감을 심어준 그 일을 중단해야 한다는 건 알게 되었다. 이 세미나를 나 같은 교사들이 들을 기회가 왔으면 한다.

스승을 닮는 좋은 방법은

그대로 따라서 사는 것이다.

나도 유영길 목사님처럼 가난함과 슬픔 앞에 따스하고 싶다.

그리고 억울함 앞에서도 평화롭고 싶다.

거기까지 이르고 싶다.

3

여자로선 매력이 꽝이에요

"선생님은 왜 그렇게 나를 좋아하실까?"

벌을 받느라고 다른 아이들은 모두 돌아간 교실에 남아 청소를 하면서 준환이가 불쑥 한마디 던진다. 나는 펄쩍 뛴다.

"누가 좋대?"

"다 알어요."

"알긴 뭘 알어? 아는 놈이 그렇게 속을 썩이냐?"

"그래두 알어요."

준환이 녀석은 힘이 좋아서 녀석의 손에 들어가면 걸레 자루가 휘어져버린다. 나는 녀석의 저 우직함을 좋아하는 것 같다. 나도 준환이가 나를 좋아하는 걸 안다. 그렇게 말하면 준환이 녀석도 나처럼 펄쩍 뛰겠지만. 그래서 준환이에게는 말하기가 편하다.

"아빠 결혼하시라고 하면 어떨까?"

"누가 저를 감당하겠어요? 솔직히 선생님이 저희 새엄마라면 제가 이렇게 안 해요. 선생님이니까 그렇지. 그리구 솔직히 선생님이 여자로서는 매력이 꽝이잖아요."

이 자식이 무슨 말을 하는 건지. 그렇게 여자 보는 눈이 없으니 니가 맨날 여자 친구한테 차이는 거라고 나도 한마디 해주었다.

준환이는 어제 또 오전 수업만 끝내고 없어졌는데 오늘 체육복과 운동화를 담은 쇼핑 백 하나를 달랑 들고 나타났다. 준환이 같은 아이는 며칠 걸러 한 번씩 그렇게 학교를 뛰쳐나가지 않으면 숨이 막혀 죽을지도 모른다. 오늘이 체육 대회라서 어제 종례 시간에 돈을 가져오지 말라고 몇 번이나 이야기했다. 문단속을 아무리 잘해도 어찌된 일인지 아이들은 열쇠 없이도 쉽게 교실 문을 연다. 준환이는 쇼핑백을 운동장까지 들고 나와서 줄을 바로 세우는 나에게 내밀었다. 돈이 4만 원이나 들어있으니 맡아달란다. 이쁜 짓만 골라서 한다고 핀잔을 하면서 쇼핑백을 받아들었다.

"그 안에 김밥도 들었어요."

"김밥은 왜? 학교에서 급식할 건데."

"저, 급식 안 하잖아요."

이럴 때 나는 속이 부글부글 끓는다. 급식을 안 하다니, 점심 시간에 맨 앞에 줄서서 밥을 타는 걸 내가 몇 번이나 봤는데, 이 자식이 뭐가 되려고 이러나. 급식비는 타다가 군것질해 버린 게 분명하고 슬쩍 공짜 밥을 타먹고 있었던 것이다. 그러면서 당당하게 급식비도 안 냈고 급식도 안 한다고 말하고 있는 것이다. 오늘은 참자. 이번 달엔 많이 때려줬다. 다른 반 수업을 들어가면 학생들이 여기저기에서 일러바친다.

"선생님, 준환이가 돈 꾸고 안 갚아요."

"준환이가 핸드폰 뺏어가서 안 줘요."

준환이를 담임한 죄로 대신 돈 갚아주고, 빼앗긴 물건 찾아 되돌려주며 사과하는 게 내 선생 노릇 중의 하나다. 몸집은 내 두 배나 되고 키도 훌쩍 커서 녀석이 마음만 먹는다면 나의 매질쯤은 한 손으로도 제압할 수 있으련만, 묵묵히 종아리를 내주고 있다가 잘못했다고 선선히 시인하고 돌아서는 걸 보면 또 못할 짓을 했구나 싶은데, 녀석이 그 마음을 오래 못 가게 하느라고 속을 뒤집어놓곤 한다. 수학 여행 가기 전에도 이틀 결석 끝에 나왔기에 그냥 집에 가라고 했더니 고개를 푹 꺾었다. 마음에도 없는 소리를 한 건 그 모습 때문이었을 것이다. 순진한 구석이 있는 녀석에게 겁을 주려고 계속 야단을 쳤다.

"얼른 가. 그렇게 오기 싫은 학교를 뭐 하러 수고스럽게 나오느라고 애를 쓰실까? 얼른 가방 챙겨. 내년쯤에 학교 다니고 싶은 마음 생기면 그때 나오는 게 좋겠다. 수학 여행비는 돌려줄게."

녀석이 잘못했다고 싹싹 빌 줄 알았는데 말 잘 듣는 학생처럼 정말 가방을 들고 가버렸다. 저녁에 준환이 아빠가 전화를 하셨다.

"학교를 잠시 쉬겠대요. 선생님이 그러라고 하셨다구요. 선생님이 너 잘되라고 야단치시는 거지 진심으로 그러시는 거겠냐 이놈아, 하고 야단쳤어요."

수학 여행 가는 버스 안에서 준환이는 언제 그랬냐 싶게 나를 불러대어 제 옆에 앉으라고 했다. 녀석은 씨익 웃더니 김밥을 꺼내 풀었다. 다른 아이들은 새벽부터 엄마가 정성스럽게 싸줬을 텐데 엄마 없는 준환이는 아빠가 분식점에서 사다주셨다.

"이 집 김밥이 맛있어요. 아줌마가 그때그때 직접 싸주는 거예요. 선생님도 먹어요."

준환이는 그렇게 내 마음을 그냥 안 둔다. 가슴 아프게 하고 눈물나게 하고 성질나게 하고. 훈훈하게 하고 짜증나게 하고.

오늘 준환이는 줄넘기를 뺀 모든 경기를 다 뛰었다. 닭싸움을 하는 상대편 선수들은 탱크 같은 준환이를 슬슬 피했다. 녀석은 쿵쾅쿵쾅 따라다니다 싸움다운 싸움도 못해 보고 제풀에 지쳐 실격했다. 축구를 할 땐 소리를 지르며 상대편 선수를 제압하고 공을 뻥 차는데 준환이의 발길질을 당한 공은 골대를 넘어 하늘로 솟았다. 이어 달리기를 할 땐 배

턴을 떨어뜨려서 우리 반을 꼴찌로 인도했다. 어쨌건 그렇게 열심히 운동장을 누비는 게 기특해서 아이스크림도 두 개나 줬건만 녀석은 교생 선생님의 몫까지 넘보았다.

오늘 모두 수고했다고 칭찬을 하면서 종례를 하는 중에 옆 반 학생이 준환이에게 꿔준 돈 5천 원을 받으러 왔다. 모처럼 곱게 떴던 눈을 사납게 치뜨고 준환이를 쳐다보았다. 만 원짜리밖에 없어서 못 갚는단다. 돈 받으러 온 아이가 그럴 줄 알았다는 듯이 5천 원을 내밀어서 우리 반은 웃음바다가 되었다.

참 이상하다. 녀석을 생각하면 씨익 웃는 어린애 같은 모습만 떠오른다. 공차는 것처럼 말도 멋대가리 하나도 없이 툭툭 내뱉는데 가끔은 그 투박한 말이 마음을 흔든다.

"선생님, 우리 아빠한테 이상한 소리 들었는데?"

"뭔데."

"선생님이 나 착하다고 한 거요."

그리고 씩 웃으면 나도 녀석에게 전염된 것처럼 그 대책 없는 웃음을 입에 물고 만다.

모두 다 다를 수 있다고 했잖아요

내일은 공부방에서 동화 읽기를 하는 날이다. 공부방이라고 제법 그럴싸한 이름도 있지만 사실은 단비교회 목사님 댁의 아홉 살 난 큰아들 정다우리와 동갑내기 친구인 우리 딸 단하, 다우리 동생 산우리가 어울려 숙제도 하고 그림도 그리며 노는 모임이다. 우리 어른들도 끼어들어 목사님은 어린이들의 산수 공부를 도와주기로 하셨고, 미술을 전공한 사모님은 그림이나 만들기, 나는 동화 읽기를 맡았다.

산수 공부하는 첫날, 교회의 좁은 부엌에 밥상을 펴놓고 아이들이 옹기종기 둘러앉았는데 목사님은 문제를 풀고 있어라 하더니 불을 때러 나가셨다. 첫 시간부터 자습을 시키다니 문제 있다. 잠시 뒤에 들어오신 목사님은 뒷짐을 지고 왔다 갔다 한껏 훈장티를 내셨다.

첫 미술 시간엔 김영희 씨의 닥종이 인형전을 구경하러 대전까지 수학 여행을 다녀온 뒤 사모님의 지도를 받아 한지 인형을 하나씩 만들었다. 다우리는 진창에 빠진 고무신을 들고 서 있는 아이, 산우리는 키를 쓰고 소금을 받으러 다니는 오줌싸개, 막내 아기 효비 몫으로는 작두콩 꼬투리를 들고 앉아 있는 소녀가 만들어졌다. 다우리는 삼남매 인형을 학교에 들고 가서 별표를 다섯 개 받았다고 한다. 단하는 한복은 입었으나 리본을 머리에 달고 슬리퍼를 신은 희한한 인형을 만들었는데 어디 가든지 안고 다니면서 소꿉놀이에 쓰고 있다. 내 친구 장영희 선생님이 두 딸을 데리고 모임에 오겠다고 하고, 소문을 들은 마을의 어린이들 중에도 함께 하고 싶다고 하는 아이들이 있으니 목사님이 늘 말씀하시던 마을 공부방이란 것이 이렇게 시작될 수도 있을 것 같다.

내일은 헛간 옆 오래된 돌담 틈새의 구멍에서 겨울을 나는 들쥐 가족의 이야기를 나누려고 한다. '프레드릭'은 이 책의 제목이면서 왕따의 조건을 골고루 갖춘 들쥐의 이름이다. 겨울이 다가오자 작은 들쥐들은 옥수수랑 나무 열매, 밀과 짚을 모으며 겨울을 날 채비를 하느라 밤낮 없이 일을 한다. 단 한 마리 프레드릭만 반쯤 감긴 눈을 하고 해찰을 하고 있다. 들쥐들이 묻는다.

"프레드릭, 넌 왜 일을 안 하고 있니?"

프레드릭은 아예 눈을 감고 대답한다.

"나도 일하고 있어."

춥고 어두운 겨울날들을 위해 햇살과 색깔과 이야기들을 모은다고 했다.

첫눈이 내리자 들쥐들은 돌담 틈새로 들어간다. 넉넉한 먹이들 속에서 겨울은 따스하고 행복하게 시작되었지만 마침내 양식이 동이 나고 찬바람이 돌담 틈새로 스며들어 수다쟁이 들쥐 가족은 그만 말을 잃고 의기소침해지고 말았다. 그때 들쥐들은 프레드릭의 말을 생각해 내고 묻는다.

"네 양식들은 어떻게 되었니, 프레드릭?"

내가 가장 감동한 곳이 이 부분이다. 들쥐들은 프레드릭이 모았다는 햇빛, 색깔, 이야기 들을 '양식' 이라고 불러주는 것이다. 자신들이 모은 나무 열매와 곡식 낟알과는 다른 그것들을 말이다. 프레드릭은 커다란 돌 위로 기어 올라가 들쥐들에게 눈을 감아보라고 한다.

"내가 햇살을 보내줄게. 찬란한 금빛 햇살이 느껴지지 않니?"

작은 들쥐 네 마리는 눈을 감고 앉아 돌 틈새를 노오랗게 물들여오는 따스한 햇살에 솜털이 보송보송해지는 걸 느끼는 표정을 하고, 프레드릭이 들려주는 파란 덩굴꽃과 노란 밀짚 속의 붉은 양귀비꽃, 또 초록빛 딸기 덤불 얘기를 들으며 그 고운 빛깔들을 마음속에 그려내는 것이었다.

눈송이는 누가 뿌릴까?
얼음은 누가 녹일까?
날을 저물게 하는 건 누구일까?

달빛을 밝히는 건 누구일까?

하늘에 사는 들쥐 네 마리
너희들과 나 같은 들쥐 네 마리

봄 쥐는 소나기를 몰고 온다네
여름 쥐는 온갖 꽃에 색칠을 하지
가을 쥐는 열매와 밀을 가져온다네
겨울 쥐는 오들오들 작은 몸을 웅크리지

계절이 넷이니 얼마나 좋아?
넘치지도 모자라지도 않는 딱 사계절.

프레드릭이 이야기를 마치자 들쥐들은 박수를 치며 칭찬을 한다.

"프레드릭, 넌 시인이야."

프레드릭은 얼굴을 붉히며 인사를 한 다음 수줍게 말한다.

"나도 알아."

프레드릭의 눈동자는 기쁨과 수줍음이 담기고 미소 띤 얼굴엔 발그레한 생기가 돌고 있다. 얼마나 귀여운 모습인지. 사람 사는 세상이 이만큼만 되었으면. 천국은 이런 곳일 것 같다. 다른 사람이 가진 것들이 내 모습, 내 생각, 나의 행동 방식과 다르더라도 마음이 불편하지 않은 곳, 그것을 오히려 흡족하게 누리며 그의 존재로 인해 행복해지는 곳.

첫 번째 동화 읽기 시간엔 곽재구 시인의 그림 동화 《외눈박이 한세》를 읽고 난 뒤 외눈박이 고양이가 두 눈 있는 고양이들과 다를 뿐이지 잘못된 것이 아니라는 이야기를 나누었었다. 그런데 미술 시간에 한지 인형을 만들면서 다우리가 코를 만들지 않겠다고 하기에 무심히 말했다.

"다울아, 코 없는 사람 봤어?"

다우리는 진지한 표정을 하고 특유의 꾸밈없는 목소리로 대답했다.

"모두 다 다를 수 있는 거라고 했잖아요."

다우리에게 부끄럽고 미안했다. 나는 좋은 생각을 '알았던' 거고, 다우리는 좋은 생각을 '하게' 된 것이다. 그 차이가 얼마나 큰가.

기대가 된다. 어린이들이 또 무엇을 일깨워줄지.

선물

"커피 한 잔 줘요."

마실 오는 기용이 아빠와 엄마가 문을 열면서 늘 하시는 말씀이다. 커피 한 잔 줘요, 라는 말이 참 좋다. 얼른 주전자에 물을 올리고 기용이 엄마가 스승의 날 공판장에서 사다주신 커피잔을 꺼내 즐겁게 늘어놓으면서 나는 진짜 맹한 사람이라는 걸 문득 깨닫는다. 커피 한 잔 줘요, 가 정말 커피 한 잔 줘요, 인가? 손님 대접하는 부담을 주지 않으려는 말씀일 테고, 또 길에서 학생들을 만날 때 내가 하는 말, 어디 가니? 그거랑 똑같은 건데, 생각 없이 그때마다 커피 물을 올려놓는 것이다. 아마 기용이 아빠와 엄마는 좀 전에 마신 커피를 우리 집에서 또 마신 적이 많을 것이다.

"꼭대기 집이 초상 났잖유. 할머니가 살아서두 성질이 굉장하시더니 돌아가시는 날까지 이리 날씨가 빈덕시럽다구들 하대. 가서 일 좀 해주고 오다 보니 창문에 불이 켜 있길래 단하네 얼굴이나 보고 가자구 들왔지."

"기용이는 뭐 해요?"

"맨날 앉아서 그리고 오리고 칠하고, 그게 다 여자애덜 숙제 도와주는 거래요. 니 숙제는 다 했니 물으니께 아직 못했댜. 아이구 이놈아, 남을 도와주드래두 니 껄 먼저 해놓고 해야지 이 쓸개 빠진 놈아, 하구 혼내줬는디 맘이 좀 안됐어서 딜다보니께 침대에 걸터앉어서 뜨개질을 하고 있슈. 엄마 오토바이 탈 때 따수라고 목도리를 뜬다나. 저게 사내놈인가 염려시럽잖어요."

얼마 전에 학교 식당에서 기용이의 미술 선생님과 식탁에 마주앉게 되었는데 미술 선생님이 뜻밖의 말씀을 하셨다. 기용이는 안 그럴 거 같은데 성실하지가 않다는 것이다. 수행 평가 과제물도 안 내고, 축제 전시회에 내려고 일러스트레이션 작품을 하나 해오라 했는데 영 안 해온다는 것이었다. 기용이는 축제 준비 기간 내내 틈날 때마다 도서실에 와서 친구들이 낸 작품들을 손질했다. 녀석이 제 숙제도 못하면서 친구들의 부탁을 거절하지 못한 것이다.

"학교 앞에 솔로몬서점 유리창에 붙은 포스터들 보셨어요? '아주 멋지고 고급적인 털실이 나왔어요.' 이런 거 써 있는 것들, 그거 다 기용이가 솔로몬 아주머니 부탁으로 그려 붙인 거래요. 엄청 바빴을 거예요."

미술 선생님은 얘기를 듣고 기용이를 데려다 혼을 내셨다.

"앞으로는 네 앞가림부터 하고 남을 도와라. 다른 일도 아니고 입시에 관계된 점수가 나가는 일에 그러면 되겠냐?"

기용이는 늘 그렇듯이 예, 하고 예의 바르게 대답하고 나갔지만 그게 마음대로 될까? 친구가 부탁하는 순간 그게 바로 내 일이 되어버릴 텐데. 기용이 아빠가 남에게 도지 줬던 논을 돌려달라고 말하러 갔다가 논에 거름을 퍼 넣는 걸 보고는 입이 안 떨어져서 그냥 돌아왔다고 기용이 엄마가 푸념했던 일이 생각나서 웃었다. 기용이가 뜨개질을 하든 수를 놓든 그냥 두라고 말씀드렸다. 기용이는 예술을 하고 있는 거예요. 텔레비전에서 보셨죠? 호텔에서 남자 요리사가 접시를 그림처럼 꾸미는 거요. 기용이 엄마는 그런가, 하셨다.

그리고 겨울 방학이 다가왔다. 교무실 책상 위에 예쁜 상자가 하나 놓여 있었다. 열어보고 우리 모두 놀랐다. 기용이가 '멋지고 고급적인 털실'로 짠 목도리가 얌전하게 그 속에 담겨 있었던 것이다. 목도리를 두르고 마음에 들지 않아서 울상을 짓고 있는 나의 모습을 그린 그림과 편지도 함께 차곡차곡. 정성스러웠다. 그럼 이왕 하는 거 잘 떠보라는 엄마의 격려를 받고 신이 나서 선생님 것도 뭐 하나 만들겠다고 했다더니 그게 이 털목도리였나 보다. 올은 간간 성글고 코가 빠지긴 했지만 갈색 굵은 털실이 탐스러운 게 분위기 있었다. 선생님들이 우리 학교 역사상 처음 있는 일이라고 축하해 주었다. 목도리를 두르고 기용이네 반에 가서 "어때, 괜찮니?" 한 바퀴 빙 돌아 보이자 기용이는 고개를 끄덕이면서 환하게 웃고 아이들은 야아, 잘 떴다, 하고 감탄했다.

기용이가 중학교에 들어와 함께 보낸 3년 동안 내게 준 것이 얼마나 많은지 모른다. 시내에 나가 치과에서 이를 치료하고 돌아온 날은 집 안에 고소한 참기름 냄새가 가득했었다. 단하를 데리고 나를 위해 저녁을 차려놓은 것이다. 단하가 엄마는 김치볶음밥을 좋아한다고 해서 김치 한 포기를 봉지에 담아가지고 와서 김치볶음밥을 했단다. 달걀 노른자로 지단을 부쳐 옷을 입히고 토마토 케첩으로 하트를 그려 넣은 김치볶음밥, 그 옆에 서 있는 와인 잔엔 보리차가 찰랑찰랑했다. 입안 가득 퍼지는 고소함과 매콤함.

"아, 행복하다."

"선생님 정말 맛있어요? 휴, 다행이다. 맛없을까봐 얼마나 조마조마했는지."

기용이가 차린 저녁밥을 함께 먹으면서 눈물이 다 나려고 했다. 내가 너무 맹하고 답답해서 하나님은 혀를 차며 좀 보고 배우라고 나를 선생으로 만들었는지 모른다. 그래서 내 삶은 한 발 한 발 훈훈해질 것이다.

쌍화탕이 있는 구멍 가게

"인경아, 쌍화탕 좀 사오너라."

당뇨 때문에 감기에 걸리시면

안 되는 할아버지에겐

쌍화탕이 만병통치약이다.

대문 밖을 나서면

뒤에서 귀신이 내 발목을 잡을 것 같다.

멀리 가로등이 서 있다.

후닥닥

휴~ 첫 번째 가로등이다.

바쁘게 뛰는 심장이 가라앉은 뒤

두 번째 가로등을 향해

온 힘을 다해 뛴다.

마지막 가로등 아래 서서

쌍화탕을 파는 구멍가게의 불빛을 본다.

결핍은 축복인가. 인경이가 쓴 〈쌍화탕〉이라는 시를 읽으면서 한숨이 나왔다. 인경이가 사는 데는 산골 중에서도 외진 마을, 북면 대평리라는 곳이다. 내가 사는 마을은 그래도 면소재지라서 정다방, 돼지다방, 수연다방, 명동다방, 조그만 동네에 다방이 넷이나 되고 목천머리방, 보라미용실, 목화미용실, 헤어스케치, 바다헤어스케치, 미장원 다섯에 철물점이 둘, 슈퍼마켓 둘에 파출소, 농협, 우체국, 면사무소까지 있을 건 다 있는데 딱 하나 없는 것이 약국이다. 그러니 산골짜기 대평리에 약국은커녕 간판 달린 가게 하나 없는 게 당연하다. 줄거리를 감춘 조용한 단편 영화를 보는 기분이랄까, 쌍화탕을 사러 늦은 밤 두려움을 참으며 구멍가게로 달려가는 여자아이를 가로등의 노란 불빛이 색칠하는 느낌이 애잔해서 코끝이 시큰했다.

따스하고 책임감 있는 부모 아래서 자라는 아이들에게서는 이렇듯 마음을 아리게 하는 시가 나오기 어렵다. 고통은 잘 익으면 사람의 가슴에 깊은 골짜기를 만드는 법인가 보다. 골짜기가 클수록 울림이 깊어 그것이 비록 어린 학생의 것이라 해도 이렇게 사람의 마음을 흔든다.

아이들이 시를 쓴다고 왔다갔다 떠들고 깔깔거리는 동안 나는 인경이가 써낸 시를 들고 인경이의 엄마는 어떤 고통의 터널을 지나 걷고 있을까를 생각한다. 엄마에게 보내는 이메일에 날마다 도토리 주우러 산에 올라가시는 할머니, 이번에도 선을 봤으나 왕자병이 심해 퇴짜를 놓았다는 삼촌 이야기 같은 걸 전하며 엄마의 건강을 오히려 염려하는 저 아이를 가슴에 얹고 얼마나 많이 울었을까. 장구도 잘 치고 그림도 잘 그리고 공부도 잘하는 인경이. 부디 인경이의 인생은 꽃처럼 피어나라 기도하게 된다.

"엄마는 다시 결혼하셨고 말씀을 안 하려고 하시지만 아기도 낳으신 것 같아요."

"엄마를 원망해?"

인경이는 "아니요" 하고 고개를 흔들며 착하게 웃었다. 비틀리지 않은 심성이 인경이의 인생을 환하게 지켜줄 것 같아서 마음이 놓였다.

대평리의 구멍가게엔 쌍화탕과 신신파스, 타이레놀, 훼스탈 정도는 팔 것이다. 어릴 때 살던 우리 동네 가게도 그랬다. 인경이네 할아버지처럼 우리 할머니도 판피린을 만병통치약으로 알고 사셨다. 다락에 비상 식량처럼 판피린 박스를 쌓아두고 하루에도 몇 번씩 그걸 마셨다. 마당 한 구석 단풍나무 아래에는 바람머리를 앓던 할머니께서 마시고 던진 판피린 빈 병이 동산을 만들고 있었다. 지금도 돌아가신 할머니의 목소리가 들린다.

"여이, 예 와서 판피린 마개 좀 비틀어 따다구."

그때 우리 식구들은 모두 할머니의 판피린 중독을 염려했었다. 할머니는 판피린 많이 먹어서 죽은 사람 못 봤다고 주장하셨다. 판피린 먹어 죽으나 판피린 안 먹어서 아파 죽으나 같으니 똑똑한 소리들 그만 하라고 짜증을 내셨다. 과연 할머니는 판피린 때문에 돌아가시지는 않았다. 돌아가실 즈음의 할머니를 가장 힘들게 한 것은 외로움이었을 것이다. 인경이의 시를 읽다보니 부질없는 후회가 맴돌기도 한다. 인경이처럼 군말 없이 사다드릴 걸, 크게 효도할 주제도 못 되면서 중뿔나게 아는 소리나 해댔구나.

인경이는 제 시를 시화로 그리면서 '가로등' 이었던 제목을 '쌍화탕' 이라고 바꾸면 안 되느냐고 물었다. 그 시를 쓸 땐 쌍화탕보다는 제 무서움을 덜어주는 가로등이 주인공이었을 텐데.

"왜?"

"가로등을 그리기가 어려워서요."

그래라, 하고 하하하 웃었다. 복잡한 생각 속에서 한 순간에 벗어나오게 해주는 단순한 대답이 유쾌하다. 속은 깊지만 나이에 걸맞은 아이다움을 가진 예쁜 인경이, 이럴 땐 선생인 것이 참 행복하다.

아저씨, 미안해요

유영길 아저씨가 돌아가셨다. 어제는 이사를 한 뒤, 미루어둔 주민등록지 변경 신고를 하느라고 동사무소에 다녀와서 초저녁잠이 들었더랬다. 김선희 선생님이 전화를 해서 "우리 학교 유영길 아저씨 있잖아요" 할 때까지도 잠이 덜 깨서 "응" 하고 아무 생각 없이 대답을 했다. "교통 사고를 당해서 돌아가셨대요" 그러는데 가슴이 쿵 했다. 온통 미안한 마음, 뭐라고 해야 하나 가슴이 빽빽하고 그냥 너무나 미안한 마음, 아저씨가 마음을 주신 만큼 나는 못 드렸는데. 그분 생각 속의 나를 실제의 내가 따라가지도 못했다.

재작년 우리 학교 숙직 전담 용역을 맡아 오신 아저씨는 오후쯤 출근해서 학생들이 돌아가고 나면 문단속을 하고 숙직을 하셨는데, 맡은 일에 얼마나 철두철미한지 도서실 창문이 안 잠겨 있다고 퇴근한 내게 전화를 할 정도였다.

"제가 잠그고 싶어도 출입문이 잠겨 있어서 들어갈 수가 없어요."

"그냥 두세요. 안 잠근 게 아니라 못 잠근 거예요. 잠금 고리가 떨어져나갔거든요."

아저씨는 납득이 잘 안 되는지 잠깐 가만히 있더니 "네에" 하고 전화를 끊었다. 아, 얼마나 창피하던지.

하루는 학생들과 시화전 준비를 하고 있는 도서실로 들어오셔서 학생들 작품을 재미있게 읽으신 적이 있었다. 그러고 나서 숙직실로 가서는 금방 시 한 편을 써오셨다. 인생을 예찬하는 감탄조의 시였다. 사랑, 감사, 행복 같은 개념어들이 여기저기에서 반짝거렸다. 쓴 사람이 즐거워하면 시가 훌륭한 역할을 한 거다. 아저씨 것도 시화를 만들어 걸었다. 이우경 선생님은 아저씨가 전통 연을 잘 만드신다는 걸 알고 축제 때 전통 연 만들기 반을 마련하여 강사로 모셨다. 늘 초라한 작업복 차림으로 학교 일을 하던 아저씨가 그날 처음 양복을 입고 오셨다. 수업에 몰두한 아저씨를 창문 너머로 보면서 가슴이 뭉클했다.

나는 주로 아저씨를 귀찮게 했다. 퇴근해서 무얼 하다 보면 꼭 필요한 것을 학교에 두고 온 경우가 많았다. 노트북의 배터리를 빼놓고 오거나 전화번호가 적힌 수첩, 지갑 따위를 서랍 속에 두고 와서 학교로 뛰어가 숙직실 문을 두드리곤 했다. 아저씨는 귀찮아하지도 않고 랜턴을 들고 웃는 얼굴로 나오셔서 현관문과 교무실 출입문을 열어주고 기다렸다가 문을 잠그고 들어가셨다.

아저씨는 종종 나와 다른 선생님들을 당황하게 하기도 했다. 풍물 강습을 받고 있는 교실에 불쑥 들어오셔서 당신이 지은 시, 그림, 또 공부하고 계신 중국어 회화 몇 마디를 적은 쪽지를 주시는 바람에 풍물 선생님이 무슨 일인가 강습을 멈추고 쳐다보기도 했고, 서예 동아리 학생들이 붓글씨를 쓰는 교실에도 들어오셔서 이런저런 말을 걸기도 하셨다. 아저씨에게 그런 흥이 있다는 것도 알고, 이야기를 나누고 싶어하신다는 것도 알지만 여유가 없었다. 나는 쓸데없이 너무 바쁘게 지냈다. 그런데도 그분은 겨우 인사나 잘하는 나를 무조건 신뢰하고 정을 주셨다.

"나는 최 선생님이 다른 학교로 가는 거, 제일 싫어요."

방학중에 근무를 하러 나온 날, 머리가 희끗희끗하신 아저씨가 어린애처럼 말씀하셔서, "같이 가셔요" 하고 웃으며 말했던 것이 아저씨와 나눈 마지막 대화 아닌 대화가 되었다.

장례식장에 갔더니 빈소에 '유영길 목사'라고 써 있었다. 그분은 장로교 목사님이었던 것이다. 마을에 조립식 집을 하나 마련해 놓고 아저씨는 기차역 앞에서 노숙하는 사람들을 데려다가 한 가지씩 기술을 익히게 하고, 나가서 자립할 수 있게 되어 떠나보낼 때까지 식구처럼 함께 살았다고 했다. 아저씨는 그런 이야길 비추신 적이 없다. 그분은 천사였는가 보다. 우리 선생들이 찾아갔을 땐 빈소에서 예배가 진행되는 중이었다.

아무리 아저씨를 목사님과 연관 지어 보려 해도 잘 되지 않았다. 앞니가 빠져나가 엉성한데다 늙고 초라하고 구부정하고, 아무것도 아닌 일도 어린애처럼 자랑하고 항상 환하고 착하게 웃고, 냄새나는 숙직실에서 크리스마스 카드를 그려서 선물해 주던 학교 아저씨는 그냥 학교 아저씨였다. 내가 그분에게 얻기를 바랐던 것도 교무실 문을 열어달라거나 도서실 난로 기름을 넣어달라거나 하는 사소한 것들이었다.

"아무것도 가진 것 없이 살았고 아무것도 남긴 것이 없이 간 듯 보이지만, 이 힘없는 목사님은 노숙자들에게 희망의 등불이었고 노숙자들의 교회였습니다"라고 어느 목사님은 아저씨를 추모했는데, 희망의 등불이었던 분의 장례식장은 쓸쓸하고 경황이 없는 분위기였다.

숙직을 한 뒤 아침에 오토바이를 타고 퇴근하다가 중앙선을 침범하여 트럭에 치었다는데 목격자도 없고 죽은 사람은 말이 없으니 착하디 착하게 생긴 식구들은 눈물범벅이 되어 어찌할 바를 몰랐다.

"애들 아빠는 그럴 분이 아니에요."

아주머님은 그 말만 되풀이했다. 가족 친지들 중에 파출소 순경 하나 없어 보이는 집이었다. 힘이 없다는 게 뭔가 절실하게 느껴졌다. 결국 목격자를 찾지 못하고 아저씨가 중앙선 침범도 안 했는데 억울한 누명을 쓰고 묻힌다고 해도 이 착한 사람들은 아버지처럼 어쩔 수 없이 힘없고 착하게 살아가리라. 예수님처럼 바보같이, 불쌍하게. 하지만 가슴을 울렸던 느낌 하나는 아저씨의 아내와 아들, 많지 않은 가까운 친척들, 이웃들이 아저씨를 진심으로 존경하고 사랑하고 있다는 거였다. 이 느낌이 아저씨께서 내게 주는 가르침이구나 하는 생각이 들었다.

　이현주 목사님이 그러셨다. 스승을 닮는 좋은 방법은 그대로 따라서 사는 거라고. 나도 유영길 목사님처럼 가난함과 슬픔 앞에 따스하고 싶다. 그리고 억울함 앞에서도 평화롭고 싶다. 거기까지 이르고 싶다. 목사님께 미안한 이런 마음, 이제 다른 곳에서는 갖게 되지 않기를.

엄마이고 싶은 엄마들

상진이 엄마가 학교에 오셨다. 상진이가 큰 사고를 쳐서 날마다 혼쭐이 날 때도 내려와 보지 못하시더니 오늘은 고등학교 입시 상담을 하는 날이라 상진이 누나 상미 진학 문제 때문에 짬을 냈는가보다. 엄마 오셨다고 속삭이면서 잡아끄는 대로 따라갔더니 조그만 몸이 어두컴컴한 정보실 한 구석에 서 있었다. 다가가서 손을 꼭 잡았다.

동네 세탁소를 효선이네로 넘기고 남매를 할머니한테 맡겨둔 채 상진 엄마가 혼자 서울로 올라간 뒤에 마을엔 소문이 분분했었다. 항상 그 세탁소의 아줌마를 보면 가슴이 아팠다. 세탁소 양옆으로 나란히 붙어 있는 비디오 가게 아줌마, 흑성반점의 소희 엄마, 신영슈퍼마켓의 도은이 엄마에게 있는 안정감, 남들처럼 사는 사람들이 갖는 자연스러움이 상진 엄마에게는 없었다. 지지든지 볶든지 간에 아들 낳고 딸 낳고 조금씩 돈을 벌고 쓰고 하면서 남들처럼 '그냥 그렇게 산다'는 것은 쉽게 생각할 일이 아닌 것 같다. 그냥 그러한 삶을 유지하기 위해 견디는 것들의 무게는 만만치 않다. 남의 입에 함부로 말거리가 되지 않는다는 것, 큰 노력을 들이지 않아도 동등하게 교류할 수 있다는 것, 남들은 갖지 않는 자격지심이나 경계심 따위로부터 자유롭다는 것, 그래서 저도 모르는 사이 인생에 차분한 세월의 손때가 내려앉으며 비교적 평온하게 늙어갈 수 있다는 말도 되는 것이다. 남편과 사별하고 혼자 남매를 키우는 젊은 엄마를 나는 그동안 학부모로서가 아니라 같은 여자로서 느끼곤 했다.

"죄인 같아서 전화도 쉽게 드려지질 않고……"

상진 엄마는 눈물이 글썽해지며 손에 힘만 주었다. 서울에서는 공장에 나가 재봉일을 한다고 한다.

"부지런히 돈 모아서 상미, 상진이 데려갈 집 마련해야지요. 아침 여섯시에 일어나 씻고 출근하면 밤 열시가 넘어야 집에 도착해요. 일요일엔 아이들이 그렇게 보고 싶은데도 몸이 천근 같아서 자주 내려와지지가 않아요."

상진이 녀석이 가을 운동회 때 돈을 걷어 빨간 스카프를 단체로 구입했는데 그 과정에서 많은 돈을 횡령한 게 들통이 나버렸다. 상진이는 거짓말을 정말처럼 할 수 있는 녀석이기도 해서 거짓말이 거짓말을 낳을 때마다 혹독하게 종아리를 맞았다. 상진이를 위해서 당연히 따끔한 매를 맞아야 할 일인데도 가슴이 저렸다. 상진 엄마가 와보지도 못하고 가습이 갈기갈기 찢길 것이라 생각하니 객관적인 태도를 갖기가 힘이 들었다.

"가끔 사고를 쳐서 탈이지만 그래도 학교 행사 때 상진이가 없으면 안 돼요. 아이들 데리고 어딜 가면 그곳에서 나중에 안부를 꼭 물어보는 게 상진이에요. 그리고 국어 선생으로서 저는 상진이를 좋아해요."

엄마가 그 한마디에 기쁨이 넘쳐서 아이구, 우리 아들, 하고 얼굴에 웃음이 가득했다.

"엄마, 내가 지은 시가 시화전에도 뽑혔고 선생님이 수업 자료로도 쓰신대."

역시 녀석은 기회를 놓치지 않고 마무리 효도를 했다. 상진이가 시화전에 낸 시의 제목은 〈앨범〉이었다. 녀석은 복도 끝에 있는 제 시를 가져다가 한가운데 가장 잘 보이는 곳에 걸고 시침을 뚝 떼었다.

앨범

오늘은 일요일. 가족들이 다 같이 있을 시간
수다스러운 누나는 누나 친구들과 놀러가고
엄만 쉬어야 할 일요일인데 세탁소에 나가 일하신다.
집 안에 나 홀로 누워서 텔레비전을 보다가
텔레비전마저 나를 약 올리듯 뉴스만 하고

하도 심심하여 장롱을 뒤져보다
구석에 처박힌 오래 된 앨범 하나
보자마자 펼쳐보니 빛바랜 아빠 사진
쏟아져 나오고 그 순간 나는 기분이 우울해졌다.
하늘은 나를 위로하듯 비悲를 쏟는다.

비(雨)가 아니고 비悲를 쏟는다고 한자까지 써가며 제 슬픔을 한껏 강조한 것도 귀엽게 봐줄 만하지만 뭘 해주지 않아도 집 안에 있는 그 자체로 푸근한 울타리가 되어주는 엄마가 없는 빈 집, 일요일의 무료함, 한창 활발한 어린 녀석이 느끼는 쓸쓸함이 청승스러워지는 시였다. 상진에게 그럴 때 네가, 그러니까 하늘마저도 비悲를 쏟던 그 우울한 날, 어떻게 하루를 지냈는지 이어 써보면 어떻겠느냐고 제안했다.

나는 세탁소로 달려가 "엄마!" 하고 불렀다.
"왜 또. 비 오는데 집에서 공부나 하지 왜 나와. 오토바이 키 못 줘."
엄마의 잔소리를 듣고 나니 왠지 안심이 된다.

그래, 맞다. 신경질을 부리며 소리를 고래고래 지르는 엄마의 살아있는 목소리, 그 생생한 일상이 우리를 안심시킬 때도 많단다. 너만 그런 게 아니고 나도 그래. 어른이 된 지금도 말이다.

나도 딸이 하나 있다. 이름은 '단하'. 초등학교에 다니는, 흔히 이야기하듯 눈에 넣어도 아프지 않을 딸이다. 첫서리가 내려 마당의 풀들이 그림을 그린 것처럼 하얗게 피어났는데도 그것 한 번 만져볼 틈도 없이 딸아이를 이끌고 부랴부랴 출근을 한다. 저녁엔 각종 모임, 회의, 강습, 회식을 하느라 식당 밥을 먹기 일쑤다. 구멍이 나는 엄마의 자리를 메우기 위해 기껏 택한 방법은 딸을 데리고 다니는 것이다. 학교 회식, 교사 문학회 연수, 풍물 강습, 분회 모임, 그 기념 사진들 속엔 조금씩 키가 자라가는 딸아이가 준회원으로 끼여 있다. 엄마 가는 곳마다 당연히 저도 가는 줄 알던 아이가 초등학교에 들어간 뒤엔 친구들과 모여 노는 걸 더 좋아한다. 엊그제는 뭘 하고 놀았냐고 물었더니 '엄마 놀이'를 했다고 대답했다.

"누가 엄마를 했는데?"

"내가 엄마고, 혜진이는 딸, 혜진이 동생은 아들, 영훈이는 강아지를 했어."

"엄마 놀이는 어떻게 하는 거야?"

"그냥. 애들아, 배고프지? 얼른 준비해. 회식하러 가자. 그리고……근데 엄마, 영훈이는 강아지 하다가 잠들어버렸어."

저는 영훈이가 소꿉놀이를 하다 잠들어버린 일 때문에, 나는 '회식'이라는 말을 자연스럽게 하는 딸 때문에 웃음을 터뜨렸다. 그러면서 안쓰러웠다. 배가 고프면 밥을 지어야지 회식을 하는 엄마가 어디 있니.

네가 이제 풍월을 읊는구나.

어느 날 단하가 백일장에 나가게 되어서 날마다 학교에서 글짓기 교실을 한다고 일주일간 집에 좀 늦게 온다고 했다.

"공부 끝나고 선생님이 주제를 내주시면 시를 한 개씩 써서 보여드리는 거야."

"그래? 그럼 누구나 하는 이야기 말고 단하만 아는 이야기를 써봐."

그랬는데 하루는 공책을 내놓으며 말했다.

"엄마, 오늘은 주제가 '엄마'였어."

내가 단하의 시 속에서 어떻게 표현되었을까 궁금했다.

엄마만의 학교

우리 엄마는 토요일엔 일찍 오시지만

일요일엔 아침 일찍 나가서 저녁 늦게 오신다.

아마 엄마만의 학교가 따로 있나보다.

"아이구 그런 걸 쓰면 어떻게 해. 엄마가 살림도 안 하고 밤낮 돌아다니기만 한다고 선생님이 흉보실 거 아니야."

"엄마가 단하만의 이야기를 쓰랬잖아."

아이는 자기가 뭘 잘못했나 어리둥절한 표정이 되었다. 나도 이제 회식하는 엄마 말고 끼니마다 따순 밥을 짓고 쌀뜨물에 국을 끓이는 엄마가 되고 싶다. 누구나 그럴 것이다. 누가 자식을 떼어놓고 새벽부터 밤까지 공장에 나가 재봉틀을 돌리고 싶겠는가. 누군들 저녁 밥상 앞에 둘러앉은 단란한 한때를 모임이나 회식과 맞바꾸고 싶겠는가. 무청을 엮어서 바람벽에 말렸다가 시래깃국을 끓이고 무말랭이와 호박오가리를 만들고 가지도 말렸다가 나물 무쳐 밥상에 올리는 엄마, 밥물 끓어 넘칠 때 얼른 솥뚜껑을 열고 참기름 한 방울과 고춧가루를 슬쩍 뿌린 마른 바지락 그릇을 얹어 입맛을 돋워주는 그런 엄마가 나도 되어보고 싶다. 기수네랑 상진이 엄마랑 함께 마을 뒷산에 떨어지는 상수리를 주워 묵밥도 해먹으면서 인디언 달력처럼 때에 맞는 삶을 살아보고 싶다. 그것이 자식들에게 우리 엄마들이 줄 수 있는 가장 좋은 삶인 것 같다.

둥지

　내일 기수가 수능 시험을 치르는 날이라서 찹쌀떡을 사들고 기수네 집에 갔다. 나보다 세 살 더 많은 기수 엄마는 친정 언니처럼 뛰어나와 아이구 아이구, 그러면서 엉덩이를 두들겼다. 선생의 엉덩이를 두들기는 학부모는 기수 엄마밖에 없지 싶다.

　"생각두 많이 나구, 보고 싶어서 그런가 꿈에 뵈길래 전화 한번 해볼까 했는디, 알다시피 내가 사근사근한 타입이 아니잖유. 전화기 붙들면 할 말이 생각이 안 나서 엊그제두 그냥 말었슈."

　"기수네 찹쌀 농사는 안 지으셨지요?" 하면서 단비교회 목사님과 사모님도 합격 엿과 올 가을 추수한 찹쌀과 흑미를 들고 들어오셨다. 농사 지으랴, 어머님 간병하랴, 두 분 다 얼굴이 마르셨다. 기수 아빠는 소금을 뿌려서 은행을 한 사발 구워 왔다. 갓 도배하고 불 땐 사랑방처럼 편안하고 나른했다.

수험생 기수는 늘 그렇듯이 편안한 얼굴이었다. 찹쌀떡을 받아들고 고맙습니다, 하자마자 아까부터 포장이 예쁜 그 떡이 먹고 싶었던 우리 딸내미가 얼른 오빠를 끌고 방으로 들어간다.

"세상에 쟤처럼 태평한 애가 또 있을까 몰러. 도대체 시험을 어떻게 볼 생각이냐니께, 그냥 잘 찍어본다느면요."

기수 아빠도 빙긋이 웃으면서 걱정이라고 하시는 말씀이 이렇다.

"글쎄, 그셔두(그려도) 뭘 좀 알아야 그실 텐디."

우린 그만 웃고 말았다. 이 집이 이래서 숨쉬기가 편한가보다. 기수가 고등학교에 들어갈 때는 얼마나 마음을 졸였는지 모른다. 기수 담임이 원서를 들고 마감 순간까지 버티다가 각 학과 창구에 접수된 원서의 숫자를 다 세며 휘리릭 넘기는 순간에 점수까지 훑어보면서 공업고등학교의 가장 약한 곳에 접수시켰다. 하지만 기수는 떨어졌다. 앞이 캄캄했다. 선생이 식구처럼 어울려 지내면서 아이가 고등학교에도 붙지 못하게 만들었다 생각하니 미안해서 얼굴을 들 수가 없었다. 기수 아빠, 엄마는 아들의 불합격 소식을 듣고 실망을 끼쳤다고 오히려 미안해했다. 마을 식당 일송정에서 그날 저녁을 극구 기수네가 샀다.

"할 수 없지 뭐. 괜찮어. 살다보믄 궂은 날도 있구 좋은 날두 있는 거지. 얼른 먹어. 먹어야 힘이 나지."

공부는 안 하지만 부모를 닮아 천성이 순하고 착하고 별 근심이 없는 기수는 고개를 푹 숙이고 있다가 아빠 말씀대로 상추쌈해서 고기를 열

심히 먹었다. 다음 날 학교
에 온 기수 담임은 밤잠
을 못 잤다고 했다. 그
는 천안 시내의 고등학
교에 떨어진 학생들 숫
자와 예상 점수를 통계 내
고 각 학교의 미달된 인원수를 계

산하며 온종일 분석을 했다. 그러더니 "됐
어" 하고 손가락을 퉁겼다. 기수는 담임의 분석대로 목천고등학교에 원
서를 다시 넣었고 합격했다. 목천고등학교에 갈 점수가 안 되어서 천안
공업고등학교에 원서를 냈던 기수가 공고에 불합격하여 미달 인원이 생
긴 목천고로 가게 된 것이다.

"아이고, 이제야 여름에 먹은 오이가 소화되는 거 같아."

기수 담임이 농담을 하며 시원하게 웃었다. 그해 여름에, 기수네 오
이 하우스에서 기수 담임과 함께 5교시 수업이 없는 선생들 서넛이 점
심을 먹었더랬다. 생전 선생님을 찾아가 본 일이 없다는 기수네는 고마
움을 표현하고 싶어도 뭘 어째야 되는지 모른다고 해서 다리 놓아드린
다는 핑계로 함께 갔다. 기수 엄마는 하우스 한 귀퉁이에 심어두었던 상
추를 뜯고 삼겹살을 구워냈다. 땅바닥에 종이 박스를 깔고 앉아서 우린
엄청 많이 먹었다. 돌아올 땐 오이도 최고 좋은 걸로 따서 한 상자 담아

주었다. 워낙 조그만 학교라 오이 한 상자로도 전 교직원이 실컷 먹었다. 뇌물이 아니어서 그야말로 뇌물이 된 점심이었다. 우린 그때 선생으로서 정말 행복했다.

떨어졌던 아들이 되붙어 기쁘고 고마운 나머지 기수 엄마 아빠는 마을 사슴 농장에서 10만 원 주고 십전대보탕을 달여 담임에게 선물했다.

다시 보니 기수는 더 까무잡잡해진 것 같다. 머리가 1970년대 오빠같이 길었다. 늘 순정 만화를 그리던 기수 동생 기용이는 애니메이션을 공부하려고 병천고등학교에 들어갔다. 기수의 방문에는 '이 시대 최고의 매력남'이라는 제목 아래 기용이가 그린 기수 형(눈이 보석 같고 곱슬머리가 바람에 휘날리며 목이 기다란)의 얼굴이 붙어 있다.

기수네 오이 하우스는 폭설에 무너지고 우체국 앞에 차렸던 추어탕집도 문을 닫았다. 기수 엄마는 청소년 수련원에, 아빠는 독립기념관에 일을 나가신다. 그래도 기수네 지붕 아래는 따순 내가 난다. 기수가 이번에 답을 제대로 그실지, 대학에 붙을지 떨어질지 모르는 일이지만, 기수가 행복하게 사는 데 그런 건 아무 상관없을 것 같다. 기수가 커서 장가를 들고 아이를 낳는 지붕 아래도 분명 따스할 것이며, 그 어머니 아버지가 그랬듯이 아픔도 실패도 별 표정 없이 훈훈히 품는 사람이 될 것이 분명하다.

호밀밭의 파수꾼

　울산에 사는 친구 서옥주가 교원 임용 고사를 보려고 어젯밤 천안에 왔다. 차가 밀려 밤늦게 도착한 친구는 문을 열자마자 국화 꽃다발부터 내밀었다. 먼 길 오느라 어지간히 시달렸는지 늘어져 있던 국화 이파리들이 물병에 담기자 곧바로 생생해진다. 꽃을 선물 받으면 포장지와 리본 장식들이 꽃보다 더 화려하고 다양해서 감탄을 하면서도 그 거침없는 낭비에 마음이 두렵고 불편했는데, 옥주가 사온 꽃은 투명한 비닐 포장지에 한 번 감겨 있을 뿐이었다. 꽃집 주인이 잠시 자리를 비우고 어린 딸이 지키고 있다가 싸준 거라고 했다. 한 묶음씩 다발을 묶었던 노끈도 풀지 않은 채 비닐을 두르고 초록색 철끈을 감은 솜씨가 엉성했다. 사는 게 다 이렇게 진짜였으면 좋겠다.

　옥주는 아마 어린이가 서투르게 꽃 포장을 하는 걸 웃으면서 지켜보고 있다가, 잘 쌌다고 칭찬하면서 "고마워"라고 말했을 것이다. 그는 그런 사람이다.

학교에서 오랫동안 생활하다보니 껍데기를 만드는 일이 가장 싫어졌다. 예를 들어 보충 수업을 반대할 때,

"다 압니다. 보충 수업이 별 효과가 없다는 것을. 하지만 인근 학교들이 모두 하고 있는데 우리 학교만 안 한다는 것은 명분이 서질 않아요."

이런 논리도 못 되는 논리가 힘을 얻는 곳이 학교다.

무서운 선생님의 수업 시간에 숨소리도 안 내고 가만히 앉아 있으면 조용하고 성실하게 수업을 하는 것으로 생각하고, 축제 준비를 하느라고 분주하게 왔다 갔다 하면 학습 분위기가 흐트러졌다고 이야기한다. 저희들 스스로 시나리오를 쓰고 대본을 외우고 무대 장치를 하며 소품을 준비하는 저 모습이 전혀 '학습'으로 인정되지를 않는다는 게 너무나 놀랍다. 진지하게 안무를 의논하며 춤 연습을 하고 도서실을 있는 대로 어지르면서 시화를 그리는 아이들의 생동감 있는 표정을 보면, 저 애들이 그래도 죽지 않고 살아있구나 고맙고 안심이 되는데 말이다.

나도 시끄러운 것보단 조용한 게 낫고 지저분한 걸 싫어하며 깨끗하게 정돈된 환경을 좋아하는 선생이지만 그 조용함과 깨끗함이 죽어 있는 가짜여서는 안 된다고 생각한다. 학교 복도가 깨끗한 건 좋지만 그 깨끗함을 유지하려고 첫눈 온 날 눈싸움하는 아이들을 야단치는 건 이상한 일 아닌가? 복도라는 게 깨끗이 펼쳐놓을 목적으로 생긴 게 아닌데. 주객이 전도되는, 본말이 뒤집히는, 시간이 거꾸로 흐르는, 학교는

정말이지 괴상한 사회 조직이다.

10년 전엔 나도 옥주처럼 교원 임용 고사를 치렀다. 그때도 경쟁이 치열해서 임용 고시라고 불리던 시험에 합격했다고 아낌없는 축하를 받았는데, 발령받고 첫 한 달이 지나기도 전에 이런 데를 들어오려고 변비까지 걸리면서 의자에 눌러 붙어 앉아, 화석이 된 서양의 교육 철학을 외우며 시간을 보냈다는 말인가 싶어 허망했다.

교장 선생님은 기안서에 쉼표, 한 칸 들여쓰기, 줄 맞추기 따위를 교정보면서 같은 작업을 세 번이나 하게 했다. 세 번째 올라갈 때 분통이 치밀어 오르는 심정을 감추기가 어려웠다. 한평생을 교직에서 보낸 교장 선생님이 신임 교사에게 가르쳐줄 수 있는 게 겨우 이것인가? 심지어는 학생 독후감 원고 표지를 컴퓨터로 작성하지 않고 펜으로 썼다고 교육청에서 되돌려 보내는 일까지 있었다.

학교가 과연 평생을 다해 일하고 싶은 곳인가 스스로도 확신을 못하겠다는 친구와 "그래도 아이들이 진짜 이쁘지? 생을 위안한다니까" 하면서 아침을 먹었다. 시험장에 가는데 눈이 풀풀 내리기 시작했다.

"야, 눈이다! 올해 눈 처음 봐. 울산엔 눈이 안 와."

나, 참. 이 친구가 수험생 맞나? 친구는 한술 더 떠서 시험 치르는 학교의 교문 앞으로 몰려드는 경쟁자들에게 조그만 목소리로 축복의 기氣를 보냈다.

"사람들아, 시험 잘 봐라…… 나도 잘 보고."

아이구, 정말. 우리는 웃음을 터뜨렸다. 내 친구 같은 사람을 선생님으로 만나는 아이들은 서로를 이겨내려고 신경을 곤두세우지 않을 것이다. 서투르더라도 마음을 다해 하는 일들에 대해서는 선생님이 끝까지 웃음을 머금고 기다리며 응원해 준다는 걸 느끼게 될 것이고 그들도 그 마음을 닮아갈 것이다. 학생들이 선생에게서 배우는 것은 결국 한 인간의 됨됨이라고 생각한다. 대학 시절에 옥주는 《호밀밭의 파수꾼》에 나오는 홀든과 피비의 이름을 붙인 마스코트 두 개를 가방에, 스웨터 앞자락에 달고 다녔다. 홀든이 말하는 호밀밭의 파수꾼, 호밀밭에서 마음껏 뛰노는 아이들이 밭 끄트머리 낭떠러지에 떨어지지 않도록 지키고 선 파수꾼이 우리 선생들이었으면 좋겠다. 우리는 지금 아이들의 순수, 자유, 막힘없는 성장을 위해 서 있는 게 아니라 호밀밭을 지키기 위해 아이들 앞에 서 있는 것 같다.

교원 임용 고사에 합격하게 될지 안 될지 모르지만 일평생 좋은 스승으로 살아갈 옥주에게 선물로 주는 시 한 편.

슬기로운 교사가 가르칠 때

슬기로운 교사가 가르칠 때
학생들은 그가 있는 줄을 잘 모른다.
다음 가는 교사는 학생들에게 사랑받는 교사다.

그 다음 가는 교사는 학생들이 무서워하는 교사다.
가장 덜된 교사는 학생들이 미워하는 교사다.

교사가 학생들을 믿지 않으면
학생들도 그를 믿지 않는다.
배움의 싹이 틀 때 그것을 거들어주는 교사는
학생들로 하여금 그들이 진작부터 알던 바를
스스로 찾아낼 수 있도록 돕는다.

교사가 일을 다 마쳤을 때 학생들은 말한다.
"대단하다! 우리가 해냈어."
— 파멜라 메츠,《배움의 도》

왜 작아져야 하는가

다람쥐 쳇바퀴 도는 듯하다는 속담을 이해할 수 있다. 쳇바퀴가 얼마나 빨리 돌아가는가. 그러나 수고로운 다람쥐는 단 한 발자국도 나아가질 못한다. 열심히 바퀴를 굴려보지만 몸은 언제나 조그만 틀 속에 갇혀 있다. 학교 생활을 처음 하는 것도 아닌데 새삼 왜 이렇게 당황스러운가 생각해 보았다. 그동안 내가 일했던 곳은 전체 아홉 개 학급, 작은 시골 학교였다. 물론 그 학교도 대한민국 공교육의 틀에서 자유로울 수는 없지만 한 학생이 가진 어려움을 전체 교사가 다 아는 작은 학교, 논과 산과 밭과 개울을 낀 시골 학교라는 조건이 곧 숨통이 될 수 있었다.

전체 40개 학급이 넘는 시내 학교에 와서 한 달이 지난 뒤, 내가 학생들 얼굴 하나하나를 보고 있지 않다는 것을 문득 느꼈다. 아, 너무 많다. 너무 많아서 학생들이 하나하나의 존재가 아니라 군중이다. 그래서 아이들은 안정되어 있지가 않고 교실 바닥과 복도에 거리낌 없이 침을 뱉고 함부로 욕을 하고 쉽게 버리고 다투고 훔치고 빼앗고 공부 시간엔 쉴 새 없이 떠들어댄다. 퇴근을 할 때면 꼭 투우 경기장을 빠져나오는 느낌이다. 비좁은 운동장마저 야구부 학생들에게 내어준 아이들은 공을 들고 교실과 복도에서 먼지를 일으키며 뜀박질을 하고 엉켜 뒹구느라 늘 난리가 난 것 같다. 처음엔 멋도 모르고 뜨거운 커피를 들고 복도 모퉁이를 돌다가 달려와 부딪친 녀석 때문에 손을 데었다. 지금은 몸을 사리며 아예 팔을 뻗어 아이들을 막는 자세를 취하고 걷는다.

잠시라도 긴장을 풀면 몸이 남아나지 않을 것이다. 어제는 용철이의 쌍코피가 터졌고, 용철이와 맞닥뜨린 아이의 얼굴엔 용철이의 이빨자국이 선명했다. 그저께는 또 무슨 장난을 쳤는지 재섭이의 혀에서 피가 철철 났다. 태준이는 손을 휘두르다가 벽에 박아서 병원에 가서 깁스를 하고 왔다.

교회 전도사님 말씀이 학교와 병원과 감옥은 건물의 형태가 같다고 한다. 그 안에 수용된 이들을 보호·감시되어야 할 대상으로 보고 중앙 통제가 쉬운 기능적 배치를 하고 있다는 것이다. 학교의 선생인 나는 그 말이 옳다는 생각을 하면서 가슴이 다 서늘해졌다.

학교가 중앙 통제형 건물임이 무색하게 아이들은 툭하면 여기저기 부러지고 찢겨서 병원으로 실려간다. 방학이 끝나고 얼마 되지 않아, 다친 녀석을 데리고 정형외과에 갔더니 의사 선생님이 빙긋 웃으며 "개학했군요" 하고 농담 같은 인사를 했다. 오죽하면 정형외과에서 학교에

장학금을 지급하겠는가.

학교는 작고 아름다워져야 한다. 나무와 그늘이 있고 풀이 있고 나무 의자가 있고 또 나무 같고 그늘 같고 의자 같은 교사가 있어서 학생들이 마음을 쉴 수 있는 곳이어야 한다. '통제'와 같은 저급한 수단을 동원할 필요가 없이 적은 수의 학생과 교사가 인간 관계를 맺고 그 토대 위에서 그들이 무엇인가를 '하는' 곳으로 가장 구체적이고 사실적인 모습이 되어야 한다. 사람들은 곧잘 가장 쉽고 빠른 길을 가리켜 이상적인 생각이라고 말한다. 학교가 작고 아름다워져야 한다는 게 왜 이상일 뿐인가?

우선 청소부터 하기로 했다. 아이들이 함부로 다루어 너덜너덜해진 사물함을 교실 밖으로 들어내었다. 사물함을 들어내자 찢어진 책, 공책, 실내화, 별별 잡동사니가 우수수 쏟아졌다. 텔레비전은 방송실로 내려보내고 다 찌그러진 텔레비전 보관함도 치웠다. 교실 바닥의 통풍구를 가득 채운 쓰레기도 전부 끌어냈다. 그 속에서 쥐포(쥐치포가 아니라 진짜 포가 된 쥐)가 나왔을 땐 점심 먹은 게 다 올라오는 것 같았다. 커튼을 떼어 빨고 땟국이 흐르는 교실 벽은 수세미로 박박 닦았다. 이 일을 하는 동안 아이들은 끝없이 물어댔다.

"선생님, 봉사 활동 점수 주실 거예요?"

"야! 너는 니 방 청소하고도 용돈 받냐?"

소리를 버럭 질렀다. 먼지 때문에 목이 칼칼해서 소리도 잘 안 질러졌다. 무거운 짐을 양손에 들고 가도 스쳐 지나가는 수많은 아이들 중에서 도와드릴까요, 묻는 녀석이 하나도 없고, 눈길 가는 곳마다 자판기에서 뽑아먹고 버린 종이컵이 함부로 나뒹구는 이 아수라장 속에서 무엇을 할 수 있을까, 어디에서부터 시작할까, 그 마당에 학교에서 보충 수업을 하라고 했을 때는 정말 분노가 일었다. 교육 목표 중에 어떤 항목을 보충할까? 무슨 방법으로 할까? 학습지를 풀면 될까?

'세상을 아름답게 살기 위해 평생 지킬 수 있는 자신과의 약속 한 가지'를 정하기로 했다. 휴지를 줍겠다, 담배를 피우지 않겠다, 탄산 음료 대신 물을 마시겠다, 일 년에 한 번씩 단식을 하겠다…… 같은 약속들이 정해졌는데, "산에 가서 고기를 구워 먹지 않겠습니다"는 어떠냐고 했더니 한 녀석이 말했다.

"그럼 날로 먹어요?"

아이들이 와하하 웃었다. 이런저런 궁리를 하고 웃고 그러는 걸 보니 기분이 좋았다.

4월이 왔다. 사방을 둘러보아야 온통 콘크리트뿐인 학교에 화사하게 피어나는 목련꽃을 보았을 때 탄성이 나왔다. 나무는 이 야단스러운 곳에 서서도 어김없이 봄이구나. 마침 몇 반인지는 모르지만 내게 국어를 배우는 학생이 지나가기에 불러 세웠다.

"이리 와서 여기 한번 서봐. 이름도 불러줘 봐. 참 장하지 않니?"

"저, 이름이 뭔데요? 많이 보긴 했는데…… 백합인가?"

이런 녀석이 있나. 그러고 보니 나도 그 아이의 이름을 알 수가 없다. 가슴에 붙은 이름표는 '양파'. 세탁소에서 천 원 주고 만든 가짜다. 이 아이도 어머니가 얼마나 소중하게 키우는 아이이랴. 그런데 선생인 내가 그의 이름 한 번 불러주지 못하는 것이다. 이 아름다운 꽃그늘 아래서.

나도 우리들의 삶이 아름다웠으면 하는 바람으로 약속을 하나 해본다. 내가 할 수 있는 작은 일들을 해나가자. 불평하기 전에, 화를 내기 전에, 내가 하지 못한 일을 먼저 생각하자.

'엄마' 라고 불리는 일

시원치 않은 부모로서는 어린것의 잠든 모습을 바라보는 것보다 가슴 아픈 일이 없을 것 같다. 잠든 아이를 바로 뉘고 베개를 고쳐주고 땀이 난 이마 위에 붙은 머리카락을 쓸어 올려주며 가만히 바라보면 저절로 내 마음은 하늘을 우러르게 된다. 하느님, 겪어야 할 일들은 다 어미에게 주시고 이 어린것은 흠 없이 자라게 해주소서. 아이는 잠에 취한 목소리로 말하곤 한다.

"나는 엄마가 나보다 먼저 자지 않아서 좋아."

잠이 오락가락하는 순간, 엄마가 곁에 누워 토닥여주는 것이 좋은가 보다. 아주 아늑한 표정을 지으며 잠 속으로 빠져 들어간다. 이렇게 사소한 일 하나도 하늘이 허락하지 않으시면 할 수 없다는 걸 안다. 좋은 부모 되기는 고사하고 남들같이 평범한 부모 노릇 하는 일도 아무나 하는 게 아닌가보다. 언제 이렇게 컸을까? 유치원도 가기 싫어서 아침마

다 배 아픈 척, 잠에서 안 깬 척 하던 것이 어제 같은데······

하루는 유치원에서 돌아온 딸아이가 부엌에 있는 내게 다가와 아주 미안스런 표정을 지었다.

"엄마 내가 열만큼 미안한 말씀을 드리겠는데, 오늘 이 도시락에 밥 못 먹었어."

그러면서 아침에 넣어준 빈 도시락을 꺼내놓았다. 열(10)만큼 미안하다는 것은 아주 미안하다는 아이의 표현 방식이었다.

"오늘은 개나리반에서 밥을 먹었는데 도시락을 장미반에 두고 와서 선생님이 그냥 유치원 그릇에 담아주셨거든. 엄마 미안해."

괜찮다고 엉덩이를 토닥거려주어도 엄마가 넣어준 도시락을 사용하지 않았다는 게 마음에 무척 걸렸는지, 다음 날 유치원에서 돌아오자마자 밥풀과 김치 국물이 묻은 도시락을 아주 흐뭇한 얼굴로 꺼내 내밀었다.

"엄마, 내가 열만큼 훌륭한 말씀을 드리겠는데, 내가 오늘은 이 도시락에 밥 먹었어."

"그래? 고마워."

아이는 활짝 웃으면서 가방을 들고 방으로 들어갔다. 어린 딸이 그렇게도 섬세하게 엄마의 마음을 헤아리는 것에 비해 주위를 살피는 내 마음씀은 거칠기 짝이 없다는 것을 나는 수시로 느낀다.

그날도 바쁘게 설거지를 하고 있는데 아이가 불러댔다.

"엄마, 엄마, 빨리 빨리! 방에 벌레가 들어왔어. 파랗고 날개가 있는 거야."

"으응, 여치야. 괜찮아. 잠깐만 기다려."

그릇을 마저 헹구어놓고 방에 들어갔더니 여치는 이미 사라져버렸다. 어딘가로 숨어버렸다고 아이는 우는소리를 했다.

"왜, 여치가 뭐라고 그래?"

"너무 작단 말이야. 내가 밟을까봐 걱정된단 말이야."

그때 내 스스로가 얼마나 싫던지, 무서워서 밖으로 내보내달라고 하는 줄만 알았는데 딸만큼도 생각이 깊지 못한 내가 엄마란 말인가. 방을 구석구석 살폈지만 여치는 찾지 못했다. 눈이 닿지 않는 곳에서 곧 말라 죽을 것이다. 풀숲으로 내보내줬어야 했는데 또 한 발 늦고 말았다. 항상 부모가 자식을 가르치는 건 아닌 것 같다. 나는 어린 딸에게서 배운다. 자식에게 "엄마"라고 불리는 건 얼마나 고맙고 벅찬 일인가.

학교에서 만나는 아이들을 한 명 한 명 바라보게 된 것은 내가 아이를 낳은 다음이다. 그 하나하나의 뒤에 부모의 이런 마음이 있다고 생각하니, 공부를 하든지 하지 않든지, 못된 짓을 하든지 하지 않든지 똑같이 귀하게 느껴진다. 어떤 어머니는 편안하고 깊은 사랑에 가득 차서, 어떤 어머니는 미안함과 아픔을 안고 이 아이들의 잠든 모습을 바라볼 것이다.

재권인 나에게 수업도 듣지 않는 다른 반 학생이었다. 그 애가 우리 반 인호와 친구라서 우리 교실에 자주 왔다. 어느 날 재권이 어머니가 전화를 하셔서 우리 반 준환이와 담임인 내가 함께 교회 가는 걸 재권이가 무척 부러워한다고 하셨다. 그 뒤로 주일마다 신계리 검문소 앞에서 재권이를 만나 함께 교회에 간다. 예배 후 점심 먹을 때 목사님은 재권이를 곁에 앉히신다. 오늘은 효비가 할머니들처럼 치맛자락을 올려 얼굴을 닦으며 재권이 오빠가 얼굴에 물총을 쏘았다고 일렀다.

"오빠가 효비 예뻐서 그런 거야."

사모님은 장난으로라도 "오빠야, 아기한테 왜 그랬어. 오빠 떼찌!" 이런 거 안 하고 효비를 타이르신다.

"효비야, 미안해. 물이 안 들어 있는 줄 알았어."

아이에게 사과하는 재권이의 표정이 참으로 선해서 웃음이 나온다.

"집에 있으면요, 교회 생각이 나요. 교회 오면 숨도 잘 쉬어지고 머리도 시원해요."

"생각날 땐 버스 타고 와. 목사님 서까래 깎는 것도 도와드리고, 사모님이랑 고추밭에 김도 매고……."

"저도 그러고 싶지만 가게를 봐야 하니까요."

재권이네 집은 초등학교 앞, 문방구를 겸한 조그만 슈퍼마켓이다. 전화 목소리만으로 약간은 억세고 투박한 시골 아주머니를 생각했었는데 재권이 어머니는 젊고 고우셨다. 처음 간 날, 어머니는 재권이네 사는 걸 이해하셔야 하니까, 하면서 가게 뒤로 붙은 문간방들과 막 새끼를 낳은 커다란 개가 눈에 파란 불을 켜고 있는 개장, 뒤란 텃밭까지 보여주셨다. 문간방엔 외국인 노동자들이 세 들어 있었다.

그날 이 모자간의 갈등이 어떤 것인지 이해했다. 어머니는 혼자 어렵게 살림을 꾸려가는데, 인생을 보답해 줘야 할 아들은 기대하는 만큼 공부를 못하고, 그렇다고 어머니 일을 시원하게 돕는 것도 아니고, 고분고분하지도 않았다. 아들 편에서는 집에 돌아오자마자 식당 일 나간 어머니 대신 가게를 봐야 하고, 늘 어질러져 있는 집안 청소하고 어린 동생 돌봐야 하고, 그러고도 공부를 잘해야 했다. 어머니는 너 하나 잘 키우려고 나 이렇게 고생한다고 한다. 어머니에게도 아들에게도 생이 너무나 버거운 것이다.

"이제 겨우 중학생이에요. 아직 어려요. 하지만 곧 어머니가 못 이기실 거예요. 자식을 존중하지 않으면 외로운 어머니가 될 수도 있어요. 고생은 많이 했는데 자식들의 마음은 닫혀버리는 거예요. 너무나 억울하잖아요."

"정 안 되면 할 수 없는 거지요. 난 자식한테 절절매면서 살고 싶진 않아요."

난 우리 어머니와 이야기를 하는 것 같았고 우리 어머니에게 품었던 원망, 슬픔, 죄책감, 괴로움이 뒤엉킨 감정이 가슴 밑바닥에서 피어오르는 것 같았다. 가엾은 우리 어머니, 모든 어머니.

"선생님, 그 곡물 가루 있잖아요. 엄마도 한번 쓰셨는데 참 좋으시대요. 엄마가 쓰면 푹 줄어드는 것 같아요."

나는 크게 웃었다. 재권이 얼굴에 여드름이 심하게 나서 교회 오시는 상동리 아주머님이 곡물 가루 마사지를 권하셨고, 재권이 어머니는 아들을 위해 3만 원이나 투자하여 가루를 사주셨다. 예뻐지려고 나도 샀다. 저녁마다 가루를 물에 개어 얼굴에 마사지 팩을 한 뒤로 재권이 얼굴은 상당히 좋아졌다. 모자지간에 나란히 누워 마사지를 하는 모습이 기분 좋게 떠올랐다.

"차 스푼으로 네 개 정도면 단하랑 나랑 충분하던데 뭐가 푹 줄어?"

"아니에요. 우린 얼굴이 커서 그런가?"

재권이 이야기 들으면서 웃을 때가 많다. 즐겁다. 재권이 얼굴이 깨끗해지는 것도 좋고 이렇게 함께 다니는 것도 좋고.

하느님은 우리를 등에서 내려놓지 않으신다고 오늘 목사님이 말씀하셨다. 우리 아픔, 우리 아이들을 등에 업고 계신, 크나큰 어머니. 나는 서툴고 성숙하지 못한 어미라서, 선생이라서 진심으로 하늘을 섬기며 살고 싶다.

4

개학을 하는 날부터

재국인 또 뭔가 야단맞을 짓을 할지 모른다.

그때도 재국이가 천사라는 것을 떠올릴 수 있을까?

그럴 수 있을 것 같다.

나도 내가 천사라는 사실을 스스로 발견해야 하고

누군가가 그걸 느껴주기를 소망할 것이므로.

좋은 일도 적게 하기

"최 선생 전용 전화기 따로 놔. 하루 종일 최 선생 전화 바꿔주느라고 나는 아무 일두 못혀."

몇 년 전엔 그랬다. 교무실에 전화가 오면 벨이 두 번도 울리기 전에 교감 선생님이 즉각 전화를 받아서 투덜거리며 바꿔주셨다. 나도 속으로 투덜거렸다. 전화기가 자기 책상에만 있나, 왜 꼭 자기가 받아서 난리야. 나중에 핸드폰이란 게 생겼으니 망정이지, 전화 때문에 쫓겨날 뻔했다. 그땐 우리 형제들 사이에 내 별명이 '모임'이었다.

"어디 있니?"

"응, 모임하고 있어."

"그날 뭐하니?"

"모임이 있는데."

그 많은 모임에서 내가 뭘 했는지 모른다. 하나하나가 의미 있고 소중했을 것이다. 그래서 너무나 바빴다. 그런데 참 이상한 일이다. 끊임없이 앞에 와서 줄을 서는 일들이 있는데 지나고 나면 왜 하는 일이 없다고 생각되는 것인지. 하는 일이 없는데 왜 바쁜 것인지. 혹시 내가 할 만한 일인지 아닌지도 생각 않고 숙제처럼 일을 치러내는 건 아닌가? 함석헌 선생님의 말씀처럼, "가만 있자. 이것은 과연 내가 앞으로 할 일인가?" 한 발짝 뒤로 물러서서 내 자리를 돌아보며 마음을 가다듬는 계기도 없이 엄벙덤벙 사는 게 아닌가? 그러느라 정작 내가 해야만 하는 일을 생각지도 못하고 있는 건 아닌가? 나 혼자 너무 바쁜 건 자칫하면 이기적이다. 아름답고 선한 일로 바쁘다 해도.

조그만 시골 학교 목천을 떠나 1천 500여 명의 남학생들이 있는 시내 학교로 나와서 한동안 마음 붙일 곳을 찾지 못했다. 학생들은 학원에서 운행하는 봉고차를 타고 학교에 왔다가 수업이 끝나면 교문 밖에 대기하고 있는 그 차를 타고 학원으로 실려 가느라고 종례가 길면 발을 동동거렸다. 교사들은 교사들대로 온종일 빼곡하게 잡혀 있는 수업을 해내느라 바빴다. 모두가 오늘 살고 죽을 것처럼 바쁜데, 바쁘긴 바쁜데 그래서 뭐가 생겼지? 생각하면 손에 잡히는 게 없는 느낌. 학생들은 공부를 하느라고 밤 11시나 되어야 집에 간다는데 뭘 물어보면 아는 것도 없고, 글을 써보면 건조하고, 수업 시간에 들어가 보면 권태가 그득한 눈을 하고 맥없이 앉아 있었다. 아침에 교문을 들어서는 순간부터 숨이 갑갑했다.

"재미도 없는데 우리 두레 활동이나 하자."

"그게 뭐예요?"

"재미난 거. 힘든 건 서로 도와줄 수도 있는 거."

그래서 두레 활동이라는 걸 시작하게 됐다. 역사 신문을 읽는 두레, 수지침을 배우러 다니는 두레, 꽃밭에 물 주고 풀 뽑아주고 생태 기행도 가는 환경 두레, 속담을 공부하는 두레, 책을 읽는 두레……

환경 두레는 소박한 꽃밭을 만들었다. 꽃밭을 만든 그 일이 중요한 건 아니었다. 꽃이야 안 심어도 저 날 데에 나서 사람이 해치지만 않으면 제 생을 다해 살다 간다. 꽃밭 핑계하고 내 마음이 쉰 것이다. 어느새 제법 무성해진 꽃밭에서 풀을 뽑고 있으면 아이들이 다가와서 옆에 쪼그려 앉아 저희도 눈앞에 있는 풀을 잡아당기면서 뭐라 뭐라 이야기를 한다. 아이들도 느끼지 않을까. 선생의 마음에 여유가 있는가 없는가를. 쉬지 못하는 선생에게 학생들의 마음이 와서 쉴 곳을 기대하기 어렵지 않을까.

나도 하기 싫은 일은 잘 못한다. 교장 선생님이 학기 초부터 학교 소식지를 내자고 만날 때마다 말씀하시는데 그게 왜 그렇게 안 되는지 모른다. 교장 선생님 말씀, 학교 행사, 아이들 글 두어 편, 운영위원장 인사 말씀, 그런 글들로 채우는, 생각만 해도 괴로운 종이쪼가리. 두레 활동이라는 것도 아이들에게 그런 것이 아니라고 확신할 수는 없다. 아무리 좋은 일도 안 하는 것보다는 못하다고 했으니 이것이 학생들에게 득이 될지 또 하나의 짐이 될지 장담 못할 일이다. 어쩌면 우리 아이들에게는 재미난 일보다 내버려두는 일이 더 필요한 것인지도 모르기 때문이다. 아침 자습 시간에 잠을 자든지, 숙제를 하든지, 친구 만나러 옆 반에 가든지 자유롭게 내버려두는 것 말이다.

언제부터인가 나를 찾는 전화가 줄어들기 시작했다. 핸드폰도 잠잠하다. 아예 모임이라는 걸 만들지 않으며 힘을 모아야 할 일이 생기면 그때그때 만나서 일을 하고 마친 뒤엔 흩어진다. 그렇다고 내 삶이 건조해진 건 아닌 것 같다. 여러 사람들을 만나지 않는 대신 곁에 있는 몇몇 사람들과 깊이 만날 수 있게 되었다. 일을 줄인 만큼 내가 많이 쉬게 되어서 좀더 기운 있게, 밝게 사람들과 사귀게 되었다.

해가 지면 집에 돌아와 밥 지어 먹고 아침에 널지 못한 빨래를 널고 청소를 하고 화분에 물을 준다. 그리고 딸을 데리고 학교 운동장에 나간다. 같은 아파트에 사는 우리 반 충서 어머니는 요즘 내 친구다. 그분은 말이 없다. 우리 집에 자주 오시는 편인데도 긴장을 해서 땀을 흘리신다. 나를 어려워하는 사람은 처음 본다. 그래서 나는 충서 어머니를 놀린다.

"아직도 제가 어려우세요? 정말 땀나는 사람이 누군데. 우리 만나면 제가 도맡아 애교 떨잖아요."

"그러게 왜 선생님만 보면 이러는지 몰라."

그런 충서 어머니와 노래방에 갔을 때 얼마나 놀랐는지. 평소의 충서 어머니가 아니었다. 그 목청, 그 매너, 그 카리스마. 나는 완전히 기가 죽었다. 정말 멋진 사람이었다. 운동장에 간다고 하면 충서 어머니도 딸내미 현서를 데리고 나오신다. 우리 아이와 현서와 어울려 놀고 우리는 조그만 초등학교 운동장을 천천히 걸으면서 이런저런 이야기를 한다.

운동장을 걸으면서 보니 해가 저도 떠들고 돌아다니는 건 사람들밖에 없다. 산은 이미 깊은 침묵으로 누워 저 안에 새들과 벌레들과 온갖 짐승들의 둥지를 고요히 품고 있으려니 싶은데 그 산 속에서 느닷없는 총성이 울린다. 군인들이 야간 사격 훈련을 하는 것이다. 헬리콥터가 나타나서 산을 구석구석 서치라이트로 훑으며 날아다닌다. 정말이지 사람만큼 시끄러운 동물이 없는 것 같다. 운동장에서 내려다보면 저만큼 아래 고속도로와 그 위를 끝없이 휘달려가는 자동차 불빛들이 보인다. 갑자기 바보 같은 생각이 든다. 해가 졌는데도 잠들지 않고 사람들이 하는 일들이 꼭 필요한 일일까?

목사님께서 이번 주일에 '안식'에 대한 설교를 하셨는데, 하느님이 엿새 일하고 피곤하니까 단순히 하루 쉰 게 아니라 적극적으로 안식일을 창조한 거라고 하셨다. 안식일은 숨 가쁘게 달리던 걸음을 멈추고 내 모습에 하느님의 질서, 하느님의 법으로부터 어긋난 부분이 있는가 살피는 날이라고. '쉼'이 왜 창조인지 전엔 몰랐다. 생각할 겨를도 없었다.

나는 너무나 바쁜데, 오라는 곳은 어지간하면 가고 하라는 일은 몸

사리지 않고 하는 데까지 열심히 하는데, 왜 사람들이 나보고 서운하다고 그러는지 알 수가 없었다. 너무 많은 사람을 만나고 너무 많은 일을 해야 했기 때문에 어느 한 가지도 흡족하게 하지 못했던 것이다. 몸은 여기 있지만 마음은 다음 순간에 해야 할 일을 생각하고 있었다. 보는 사람들도 얼마나 번잡했을지.

예배를 드린 뒤 우리는 병천 디아코니아자매회에 고추를 따러 올라갔다. 교회 고추 말릴 때 같이 말리려고 일손 있을 때 잠깐 올라가 따기로 했다. 상희 언님은 체기가 있는 사모님의 손가락을 따주고 김선희 선생의 막둥이 아들 태영이가 고추 따는 바구니에 풀꽃을 꺾어다 꽂아주곤 했다. 아이들은 잔디밭에서 방아깨비를 잡으며 놀았다. 따사로운 가을 햇볕에 고추를 따는 일은 참 평화롭고 아늑했다. 정말 쉬는 것 같았다. 목사님은 안식을 아는 분 같다. 사모님이 인정하실지 모르겠지만.(목사님은 아플 때도 논에 가서 쉰다고 한다.)

고추 다 따고 잔디밭 나무 그늘에 앉아 수박 먹으면서 토요일엔 숙제를 내지 말아야겠다고 생각했다. 내가 했던 수업 중 아이들이 가장 좋아했던 것이 하나 있다. 여름이었고, 점심 먹고 난 5교시였고, 나는 몸살이 나서 아픈 중이었다. 아이들이 하나씩 둘씩 졸기 시작했다. 10분만 자자고 해놓고 우린 아주 푹 잤다. 수업이 끝났다고 다른 반 아이들이 교실 문을 열 때까지 아무도 못 일어났다.

"선생님 최고예요."

기지개를 켜면서 녀석들이 말했다.

"니네도 최고야."

나도 하품을 하며 말했다. 몸이 한결 개운했다.

스웨터도 올이 느슨해야 따뜻한 체온을 잘 품어준다. 너무 옥죄지 말고 살았으면 좋겠다. 좋은 일도 결국은 누군가를 바쁘게 한다. 소식지도 안 만들고 두레 활동을 안 해도 되고 꽃밭도 안 만들고 그래도 되는 세상을 살고 싶다. 따로 휴식이 필요 없는 세상, 사는 게 그대로 쉽인 세상……

바담 풍 하지 말라니까

　퇴근하여 신발을 벗으려고 보니 학교에서 신던 실내화다. 신발장에 들러 갈아 신고 오는 것을 깜박 잊었다. 가방을 내려놓고 아침에 못한 설거지와 청소를 시작했다. 시작한 김에 베란다 화분에 물도 주고 현관에 벗어놓은 신발들도 나란히 정리했다. 그런데 어찌된 것인지 내 여름 신발 두 켤레가 짝짝이다. 밤색 빛깔은 같지만 하나는 발등이 나오는 거고 하나는 발가락만 나오는 신발인데 각기 제 짝을 잃고 하나씩 뒹굴고 있었다. 아침에 학교 신발장 앞에서 만난 선생님이 "신발이 특이하네요" 하던 게 생각났다. 아니, 그럼 짝짝이 신발을 신고 출근을 했단 말인가? 그것도 모르고, 내 신발이 특이한가보다 생각하면서 바쁜 나는 한 귀로 흘려듣고 실내화를 발에 꿰며 교실로 뛰어갔던 것이다. 어떻게 그럴 수가 있담.

　잘 될지 모르지만 북중학교에서는 이미지 관리를 잘하려고 조심하는 중이다. 목천중학교에 다닐 때 하루는 일이 있어서 늦을 테니 1교시 수업을 뒤로 옮겨달라고 부탁했다. 전화를 받은 교무부장 선생님은 "가만 있자. 최 선생님 수업이 어떻게 되나?" 하며 시간표를 보는 것 같더니, "좀 어려울 것 같은데요…… 맛있는 거 한 보따리 사와야겠습니다" 하셨다. 일을 보고 슈퍼마켓에 들러 따뜻한 찐빵을 샀다.

"미안 미안, 맛있는 거 사왔어."

시간표 바꾸기가 어려워 고생했다고 한마디씩 하는 선생님들 앞에 풀어 놓았다. 그런데 부장 선생님이 찐빵을 반도 못 먹고 폭소를 터뜨렸다. 사실은 내 시간표에 1교시 수업이 원래 없었다는 것이다. 어떻게 일 년이 다 가도록 자기 시간표도 안 외우냐고 사람들이 나를 흔들어대며 웃었다.

"일 년은 무슨 일 년? 2학기 때 바뀌었잖아."

"언제? 자기만 바꿨어? 일과계가 난데."

"안 바꿨어?"

동료들이 다시 웃어댔다. 나는 왜 이렇담, 하고 자책할 때마다 선생님들은 열심히 위로했다.

"그게 선생님 매력이에요. 얼마나 좋은데요."

내가 그 모양이니까 다른 사람, 특히 담임하고 있는 반 아이들이 허술한 걸 보기가 민망하다. 이번 체육 대회 때 우리 반은 오전에 이미 경기별로 예선 탈락을 해서 오후 결승 땐 축구밖에 남지 않았다. 축구도 결승까지 올라갈 수 있었던 건,
반이 워낙 많아서 승부차기로만
결승 팀을 가렸기 때문이다. 가만히 하
는 짓을 보니 아이들이 도대체 야무진 구석이 없었다. 단체 줄넘기를 할
땐 심판을 맡은 체육 선생님이 와서 줄을 단단히 잡고 이렇게 허리까지
같이 돌려야 한다고 특별히 시범까지 보여주었건만 녀석들은 겨우 열두
번, 네 번, 합해서 열 여섯 번을 넘고 끝을 냈다. 다른 반 아이들은 입을
꼭 다물고 단단한 표정으로 마흔 번까지도 줄을 넘는데 우리 반 녀석들
은 이겨보겠다는 결심 같은 게 도무지 없어 보였다. 이어 달리기, 닭싸
움까지 내리 탈락하고 나서도 희희낙락했다.

"아주 부담 없이 즐기시는군. 줄다리기도 질 거냐?"

"아아니요!"

그러나 줄 잡는 모양부터 알아봤다. 총이 땅! 울리는데도 맨 뒤에 서
서 줄 꼬랑지를 잡고 흔들며 엉뚱한 데를 보는 놈도 있었다.

"얌마, 심재국! 너 뭐하고 있어? 자식, 너 지기만 해봐."

소리를 지르는 중에 우리 반 아이들이 순식간에 끌려가서 경기가 끝
나버렸다. 다음 날 아침에 분위기를 잡고 야단을 쳤다. 사람이 착한 것
도 좋고 순한 것도 좋지만 그래도 뭘 할 땐 야무지게 하는 맛이 있어야
지, 줄다리기 지는 건 좋다 이거야, 그렇지만 뒤에서 줄 꼬랑지 흔들면
서 딴 짓을 하는 게 용납이 되니? 아이들이 웃는 얼굴로 "안 돼요!" 하

고 외쳤다. 말 나온 김에 잔소리를 더 늘어놓았다.

"웃음이 나와? 책상 속이나 가방 속을 보면 마음이 흐트러져 있는지 정돈되어 있는지 알아. 그게 쓰레기통이야 가방이야? 찢어진 공책에, 구겨진 시험지에, 그 마음으로 뭘 하겠어? 수행 평가 과제물 안 낸 사람들 손 들어봐! 그럴 줄 알았어. 유리창 걸레 안 만들어온 사람도 손 들어봐. 그러시겠지. 이거 안 하는 놈은 저것도 안 하게 되어 있어. 내일 두레 활동 준비도 안 했지? 도대체 왜 그리 넋이 나간 사람들처럼 사는 거야?"

아이들은 여전히 맺힌 데 없는 얼굴로 말똥말똥 나를 쳐다보고 있고 그 얼굴을 보며 나는 전의를 잃어버렸다. 닮아서 그렇지 뭐. 저는 바담 풍 하면서 바람 풍 하라고 신경질을 부리다 말고 그냥 웃고 말았다. 저희들도 속없이 깔깔거리고 웃었다. 이래서 이 녀석들이 편안한가보다. 이 녀석들이 나를 닮지 않고 야물딱스럽다면 나는 꾀병가나 연가를 냈어도 열두 번은 냈을 것이다.

비 오는 날 먼지 나도록 패주고 싶은 지민에게

어둑어둑한 길을 혼자 어깨 늘어뜨리고 걸어가는 지민이를 보았다. 비가 오려는지 무거운 구름이 마을을 내리누르는 저녁이었다. 교복 입은 그대로 가방을 메고 있는 걸 보니 연춘리 오락실이나 PC방에서 시간을 보내다 그제야 돌아가는 모양이었다. 점점이 불빛이 켜지는 마을을 배경으로 고개를 푹 숙인 채 걸어가는 지민이의 뒷모습이 조그맣게 찍힌 점 한 개처럼 작고 외로웠다.

공판장을 지나 초등학교 앞, 문방구가 있는 골목 어디쯤 할아버지, 할머니와 함께 살고 있는 지민이네 집이 있다. 녀석의 모습이 골목 끝으로 사라질 때까지 나는 우리 반의 애물단지를 보고 서 있었다. 보통 심란한 녀석인가. 교복 와이셔츠에 단추 한두 개가 없는 건 기본이고, 틈만 나면 복도에서 뛰고 달리며 먼지와 뒤엉키는 지민이의 모습은 마치 컴퓨터의 화면 보호기 그림 같은 것이다. 수업 시간엔 "이지민!"을 평균 다섯 번 이상은 외쳐야 한다. 다른 아이들이 한참 활동을 하고 있을 때 지민이는 떠들고 방해를 해서 제가 속한 두레의 아이들에게 고자질을 당하거나, 저랑 비슷한 놈과 장난을 치다가 나와 눈이 마주치면 씨익 웃으며 묻는다.

"선생님, 뭐 하라구요?"

"하나아, 두울, 셋, 다섯일곱여덟아홉……"

"아, 잠깐 잠깐 알았어요, 알았어. 하면 될 거 아니에요."

그제야 부산하게 공책을 꺼내고 볼펜을 빌리고 아이들 틈에 끼어들면서 눈에 심지를 세우고 지켜보고 있는 담임에게 한마디 덧붙이는 걸 잊지 않는다.

"왜요오! 내가 뭘 어쨌다구 그래요오. 왜 나만 갖구 그래요오. 성철이도 아무것도 안 하는데 왜 나만 괴롭혀요오!"

매 시간 똑같은 대사, 그때마다 그 작은 실눈을 뜨고 맹하게 나를 올려다보는 성철이의 표정을 보고 아이들이 책상을 치며 웃어대는 것이다. 이건 학교가 아니야, 봉숭아 학당이지. 담임이 주름살을 모으며 입버릇처럼 푸념할 때마다 뭐가 재미있는지 웃어대던 놈들은 학급 문집의 제목을 '봉숭아 학당'이라고 지었다. 나도 그 제목이 마음에 들었다. 그것보다 더 우리 반을 적절하게 표현할 단어는 없을 것 같았다. 봉숭아 학당에서 지민이를 뺀다면 그건 소금 없이 삶은 달걀을 먹는 것과 같은 맛일 것이다.

입학식 날 지민이는 아빠와 함께 학교에 왔다. 교실에서 새 책을 나 눠주고 간단한 인사를 나눈 뒤에 돌려보내는데 지민이 아빠가 다가와 아들을 잘 부탁드린다면서 무슨 말씀인가 할 듯 말 듯하다 그냥 교실을 나가셨다. 나도 이제 파릇한 처녀 선생님은 아닌 것이다. "잘 부탁드립 니다"밖에는 더 하기 어려운 숱한 말들, 낯선 담임 선생에게 고작 아들 을 부탁한다는 한마디를 하기 위해 맨 마지막까지 교실에 남은 아빠의 마음이 읽히는 나이가 된 것이다. 그 녀석과 나 사이엔 서로를 밀고 당 기는 자연스런 호흡이 생겼다. 1학기가 끝나갈 무렵 지민이 아빠가 아 들을 향해 쓴 두레 일기는 이렇게 시작된다.

"널 사랑하고 싶다가도 네 글씨를 보니, 갑자기 비 오는 날 먼
지가 나도록 패주고 싶구나. 글씨는 그 사람 마음의 거울이라 했
는데 그렇게 널브러져 있을 네 모습을 생각하니 더욱 그래. 하나
하나 꼼꼼히 챙겨주지 못하는 아빠의 사랑이 부족한
탓일 테지."

아빠는 아마 지민이의 널브러진 글씨
만 봤지 쓰레기통 같은 책가방 속까지는
못 보셨을 것이다. 시간마다 책도 공책
도 없이 앉아 있는 지민이의 가방 속엔

도대체 뭐가 들었을까 궁금해서 열어보았더니 구겨진 시험지, 겉장이 떨어져나간 공책, 허리가 부러진 연필이 뒤죽박죽이었다. 아빠보다 내가 먼저 손바닥이 벌게지도록 때려주었다. 아들을 염려하는 마음이 절절이 담긴 그 긴 편지를 쓰느라 아빠는 새벽까지 잠도 못 주무셨나보다. 장을 넘겨가며 써 내려간 편지 끝에 출근해야 할 시간이라고 말을 맺으면서 추신을 달았다.

　　"선생님께 그만 좀 걸리고 녀석아. 선생님과 실과 바늘이 된
　　너는 얼마나 행운아냐. 아빤 네가 부러워 임마……."

아빠의 편지를 읽고 학교 앞 서점에서 펜습자 교본을 하나 샀다. 약속대로 한동안 검사를 잘 받더니 방학이 끝나고 와서 대뜸 "펜습자 책 잃어버렸어요" 하고 소리쳤다. 어이그 정말, 비만 와 봐라. 먼지 나도록 패줄 테니.

수업 끝나고 교실에서 나오는데 지민이와 환영이, 도현이 삼총사가 영화 〈친구〉 같은 폼을 재고 앞을 가로막았다. 와이셔츠를 바지 속에 넣고 머리카락은 이마로 내려붙이고는 손을 호주머니에 찔러 넣고 비스듬히 서서 나를 웃겼다. 머리통을 한 대씩 후려쳐 주었다. 귀여워서 사진기를 가져다 들이댔더니 건들거리는 폼은 온 데 간 데 없이 수줍어했다.

아이들의 삶도 어른 못지않게 고단하다. 모든 게 뜻대로 되는 건 아

니지만 어른들은 그래도 자신의 의지대로 삶을 경영한다. 아이들은 선택의 여지없이 어른들이 경영하는 삶에 포함되어 실패의 고통과 슬픔, 방황을 고스란히 흡수해야 한다. 어둠 속을 걸어가는 저 슬픈 뒷모습을 감추고 철이 하나도 없는 것처럼 웃고 떠드는 지민이. 아빠나 엄마나 선생님이나 먼지 나도록 패고 싶은 건 사실 자기 자신이라는 걸 지민이도 크면 알게 될 것이다.

미안, 네가 천사인 줄 몰랐어

겨울 방학이 이제 일주일밖에 남지 않았다. 집에 놀러 오신 엄마들은 개학을 기다리는 게 일각이 여삼추라 하고, 선생인 나는 방학이 하루하루 줄어드는 게 뼈가 녹는 것 같다고 한다. '띵동' 문자 메시지 도착 신호가 울려 휴대폰을 열어보니 방학하는 그날까지 속을 썩이던 재국이다.

"선생님, 저 재국인데요. ㅋ 개학이 며칠이에요? ㅋㅋ"

그걸 보니 '아, 진짜 방학이 끝났구나' 실감이 났다. 재국이가 개학 날짜를 모르는 건 별로 놀랄 일은 아니다. 미리 나누어준 새 학년 책들이 발자국이 찍힌 채로 교실 여기저기 굴러다니는 걸 몇 번이나 챙겨줬으니 방학식 날 나눠준 방학 계획서 같은 건 그날로 없어졌을 것이다. 그래도 개학 날짜를 물어보는 게 기특하다 싶어 답을 보냈다.

"2월 9일."

재국이가 밉지는 않다. 늘 웃는 얼굴, 여린 마음, 미움을 받을 만한 아이는 아니다. 1학년 때는 항상 교무실 출입문 앞에 와서 깨진 유리 구멍으로 안을 들여다보며 심부름할 일 없  나 살폈다고 한다. 조그만 구멍에서 반짝거리는 그 까만 눈동자가 참으로 귀여웠다는 것이다. 재국이네 반이 교무실 바로 옆이어서 아이들이 늘 복도에 강아지처럼 뒹굴고 놀다가 심부름을 하곤 했는데, 재국이가 가장 싹싹하고 재빨라서 학년이 끝날 땐 봉사상까지 받았단다. 재국이 어머님 말씀을 들어봐도 아파트에서 재국이를 모르는 사람은 별로 없다. 인사를 잘하고 할머니들이 무거운 걸 들고 가면 재국이가 집 앞에까지 들어다 드리고 온다고 칭찬이 자자하단다. 그런 재국이를 나는 일 년 내내 야단쳤다.

"넷! 선생님, 제가 하겠습니다."

결국은 제가 하지도 않을 거면서 그렇게 외치는 것, 야단을 치면 금방 죽는 시늉을 하지만 전혀 태도를 고치지 않는 것, 제 입으로 한 약속을 지키지 않는 것, 당번이 되어도 청소를 하지 않고 달아나버리는 것, 무단 결과, 무단 결석, 무단 외출, 과제물 미제출 따위, 어찌된 셈인지 나는 재국이에 대해 온통 야단치고 타이를 일밖엔 없었다.

어느 날 저녁 준환이가 전화를 했다.

"선생님, 머리 아프고 배 아파서 나, 내일 학교 못 가요."

"오늘 자고 나면 괜찮을지도 모르잖아? 낼 아침에도 아프면 전화 다시 해. 내일은 내가 우리 반한테 한턱 쏠 건데 아깝다."

준환이는 전혀 아프지 않은 목소리로 외쳤다.

"뭔데요? 짜장면요? 탕수육요?"

"글쎄요. 와보면 알아요."

"알았어요."

전화기를 내려놓으면서 웃었다. 미연 언니가 말했다.

"재국이가 그렇게 전화했어봐. 엄청 야단쳤을 걸?"

듣고 보니 좀 걸렸다. 일은 늘 똑같이 저지르는데다 사실 준환이의 잘못이 더 클 때가 많다. 준환이가 겁도 없이 순순히 털어놓는 잘못을 듣다보면 가슴이 덜컹거리면서 이 자식은 내가 맡기엔 역부족이다 싶을 때가 종종 있다. 하지만 어디에 맡겨야 하는지 알 수가 없다. 준환이 아빠에게 전화를 걸 때 나는 이미 알고 있다. 아버지는 나보다 더 답답하다는 것을, 그분도 역시 답을 갖고 있지 않다는 것을. 아빠는 늘 이렇게 말씀하신다.

"아이고, 어쩌면 좋을지."

그런데도 그리 절망적이지 않은 이유를 곰곰 따져보면 한 가지다. 그애를 내가 좋아한다는 것이다. 준환이에게서는 단순함, 우직함, 솔직함이 보인다. 왜 그런지 언젠가는 저 애가 참 잘될 거라는, 멋진 사내가 될 거라는 느낌이 있는 것이다. 근데 재국이를 대하면 까막눈이 된다. 미연 언니는 재국이가 귀엽다는데, 다른 선생님들도 공부를 안 해서 그렇지 밉지는 않다는데, 나는 도대체 재국이를 칭찬할 일이 없다. 이건 누구의 잘못인가? 지금까지 내 경험으로 미루어 선생과 학생 사이에 문제가 있다면 그건 백 퍼센트 선생에게 원인이 있다. 아이들은 이해받지 못하는 순간에 병이 생기기 때문이다.

겨울 방학중에 우리 학교 독서 모임 선생님들과 계룡산에서 하룻밤 묵었다. 묵는 김에 류도혁 선생님의 '행복한 학교 만들기' 명상 프로그 램에 다 함께 참여했다. 틀을 바꾸는 것도 필요하지만 생각을 바꾸는 것은 더욱 큰 혁명이라는 생각이 들었다. 명상을 이끄는 선생님 말씀대로 재국이의 흠 없는 모습, 천사의 얼굴, 하늘로부터 부여받고 태어난 환하고 맑고 생명력 넘치는 본래의 모습을 떠올려보았다. 저 아이가 저렇게 사랑스러웠던가? 약간은 얼떨떨하고 미안하고 기쁜 마음의 파장을 재국이에게 보내보았다. 이 마음이 왜 없었을까? 일 년간 재국이는 저를 탐탁잖아하는 선생의 마음을 분명히 느꼈을 것이다. 재국인 내게 와서 활짝 피어나지 못했다. 나는 그 애에게 빚을 졌다.

개학을 하는 날부터 재국인 또 뭔가 야단맞을 짓을 할지 모른다. 그 때도 재국이가 천사라는 것을 떠올릴 수 있을까? 그럴 수 있을 것 같다. 나도 내가 천사라는 사실을 스스로 발견해야 하고 누군가가 그걸 느껴주기를 소망할 것이므로.

이 아침, 새로운 스물 네 시간

'참 못났다.' 어떤 사람에 대하여 속으로 이런 생각을 할 때마다 다리에 힘이 빠진다. 아직 지칠 나이는 아닌 것 같은데 아니, 지칠 만큼 치열하게 살아오지도 않았는데, 그렇다고 냉소적인 인물도 못 되었는데 왜 이런 생각을 하게 되는지, 이게 무슨 병인지. 생각은 벽에 부딪친 공처럼 내 자신에게 되돌아온다. 왜 그리 못났는가. 왜 그리 좁쌀스러운가. 속으로 밀어내는 게 왜 그리 많은가.

난 게으른 편이다. 아침 해가 창호지문을 물들이기 전에 일어나 앉아 단정하게 이부자리를 개키고 세수를 하고 머리를 빗고 달그락달그락 아침밥을 짓고…… 내 모습이 그랬으면 싶은데, 날마다 알람시계에 의지해 간신히 눈을 뜬 뒤에도 벌떡 일어나지 못한다. 앉은 채로 5분은 족히 눈을 떴다 감았다 해야 제정신이 돌아온다.

이 아침 잠자리에서 일어나 나는 미소 짓네.

새로운 스물 네 시간이 내 앞에 놓여 있구나.

순간순간 최선을 다해 살면서

살아있는 모든 것들을

자비의 눈으로 바라보리라.

귀농 학교에 갔을 때 이병철 선생님 따라서 외던 틱낫한 스님의 계송을, 그때는 새벽에 일어나 솔숲에서 아침 체조를 하고 명상을 하며 읊었는데, 집에 돌아와서는 잠이 아직 붙은 눈으로 화장실로 거실로 왔다 갔다 하며 중얼거린다. 맞다. 요즘 마음속에 자주 오락가락하는 말들 중 하나가 '순간'과 '자비의 눈'이다.

살아있는 모든 것들 속에는 나도 포함되어 있고 내게 상처를 준 사람, 내가 상처 준 사람, 내가 모르는 사람, 아는 사람, 온갖 생명이 다 들어 있는데 그 모든 것들에 대하여 순간의 마음을 지키기란 너무나 어려운 일 같다. 어렵지만 불가능하다고 말하고 싶지는 않다. 사람이니까 불가능하다는 것은 참 나쁜 생각이다. 좋은 책을 아무리 많이 읽어도, 좋은 말씀을 아무리 많이 들어도 그 생각이 있는 한, 좋은 공부가 나를 자라게 해주지 못하고 품위 있는 지식으로 머리 속에만 쌓이게 되어 말만 드높게 된다. 불가능한 건 아니야, 시간이 오래 걸리긴 해도, 라고 생각해야 한다. 어느 날엔가는 나를 포함한 모든 생명 있는 것들을 자비의 눈으로 바라볼 수 있는 날이 오리라. 하느님께서 내게 그런 소망을 품으셨으므로. 더딜 뿐, 나는 그 길로 가는 과정 속에 있다.

과정 속에 있는 나는 시시때때로 볼썽사납다. 며칠 전에는 아파트 관리실에 전화를 걸어서 우리 집 지난 달 수도 사용량이 63톤이라 고지되었는데 이게 어찌된 것인지 알아보아 달라고 부탁했다. 같은 아파트 사는 미연 언니는 매달 수도 사용량을 묻는 나를 보며 웃곤 했다.

"다른 수치는 캄캄이면서 수돗물 사용량은 왜 그리 민감해?"

"그건 톤ton이잖아. 12톤 트럭이 얼마나 큰지 알지? 식구도 없는 집에서 한 달 동안 12톤 트럭 한 대도 넘게 물을 썼다니."

지지난 달 관리비 고지서에 보니 미연 언니네 집은 9톤이었는데 우리 집은 16톤이었다. 동생에게 전화를 했다.

"야! 너 우리 집에 와 있는 동안 물을 펑펑 써대더니 16톤이나 나왔어."

"16톤?"

동생이 단위 개념을 잡지 못해서 나는 또 트럭을 들먹여야 했다.

"야, 치사하다 치사해. 동생이 가서 물세 좀 더 나왔기로. 내가 청소해 주고 빨래해 주고 설거지해 주느라고 쓴 물을 가지고 구박을 해?"

"여보셔. 너 없을 땐 빨래, 청소, 설거지 안 하고 사는 줄 아남? 물 좀 아껴! 넌 화장지도 너무 많이 써. 불도 켜놓고 자고, 보일러는 윙윙 돌리면서 문은 활짝활짝 열어놓고."

"야, 치사하다 진짜! 그럼 밥 먹고 환기 안 시켜? 하루에 세 번은 환기를 시켜줘야지, 그 먼지, 그 냄새 다 어디로 가니? 그리고 난 불 끄면 숨 갑갑해 잠 못 잔다구! 언니네 집에 다신 안 간다."

"반성하고 와."

16톤을 가지고도 그랬는데 63톤이라니, 말은 알아봐 달라고 했지만 이미 내 마음속엔 말도 안 되는 억울한 일을 당한 느낌이 꽉 차 있었다. 전기세, 물세, 다른 건 몰라도 그 두 가지가 많이 나오는 것에 대해 나는 무척 경계하고 부끄러움을 느낀다.

관리실에선 특별히 물을 많이 쓴 일이 없었다면 계측이 잘못되었거나 어딘가 누수가 되었을 가능성이 있다고 곧 조사해 보겠다고 대답해주었다. 재검침을 나온 관리실 직원과 길이 엇갈려 만나지 못하고 다시 통화를 했는데,

"계측을 잘못한 건 아니었어요. 어디 누수가 되는 모양인데요. 집 안에 있으면서 누수되는 것도 모르셨어요?"

그 순간, 맞다. '순간'이었다. 내 입에서 생각을 거치지 않은 말이 튀어나왔다.

"뭐가 어째요? 무슨 말을 그렇게 해요? 어딘가 물이 새고 있다는 게 표시가 났으면 고쳤겠지 알면서도 가만히 있었겠어요?"

그는 당황하는 것 같았다.

"아니 제가 뭐라고 했다고 그러셔요? 물 새는 걸 몰랐냐고 물어본 것

뿐인데요?"

좀 귀찮은 듯, 불친절하기도 했고 나중에 생각하니 '집 안에 있으면서'라는 말이 묘하게 신경을 건드린 것 같았다. 집안일 하는 여자를 격하하는 남자들의 대사로 나는 받아들였을 테고 원인을 정확히 알아보기도 전에 책임을 전가하는 듯한, 나무라는 듯한 말투를 용납하지 못한 것이다. 그가 눅은 목소리로 그게 아니라고 해명을 하며 곧 누수가 되는지 알아보겠다고 하고 나도 목소리를 고르고 마무리를 했지만 민망했다. 아파트 관리실 직원에게 무시 좀 당하면 안 되나? 나는 나무람을 받으면 안 되는 사람인가? 기어이 그렇게 무참하게 만들어야 했나? 이 시퍼런 자아. 물은 순식간에 엎질러지고 엎질러진 뒤에야 물그릇을 들어 메친 한순간의 자아를 깨닫게 된다. 참 못났다.

아침마다 '자비의 눈'을 중얼거리는 나와, 먹고 입고 말하고 운전하고 돈 벌고 관리비 고지서를 보며 말다툼을 하는 생활 속의 나 사이에 가로놓인 멀고도 먼 거리 때문에 종종 자격지심이 생긴다. 세상에 대하여 할 말이 하나도 없는 것 같다. 무슨 말을 해도 내 얼굴이 먼저 뜨거워지는 것 같다. 대자대비하신 하느님은 이렇게 대답하실지 모른다.

"아직 젊은 게야. 좋은 나이다."

그럴 수만 있다면 가위를 들고 잘라내 버리고 싶은 날들이 있다. 왜 그리 미숙했는지, 왜 그리 어리석었는지, 왜 그리 불 같았는지, 왜 그리 뜨뜻미지근했는지, 내 젊음은 온통 허방을 헤맨 날들인 것만 같다. 그러나 잘라내 버리고 싶은 그 날들이야말로 하느님의 더욱 큰 슬픔, 말 없는 포용 안에 있었다는 것을 느낀다. 비천한 날들이 아픔의 눈을 뜨게 한다는 것도 느낀다. 아픔을 읽는 눈, 세상을 향해 눈물 흘리는 눈이 가슴에 만들어지느라 피 흘리는 싸움이 있어서 젊음은 좋은 나이인가.

아침마다 떠올려보는 틱낫한 스님의 게송은 다시 희망을 준다. 새로운 스물 네 시간 앞에 있는 나는 무시당했다고 뿔을 세우는 어제의 내가 아니다. 오늘도 수많은 실수가 있겠지만 대자대비의 품안에 내가 있으므로 이 큰 사랑의 날들이 내게도 큰 품을 만들어줄 것이다.

겨울, 빈 난로 옆에서 꾸는 꿈

겨울에도 교실이 따뜻했으면, 난로 위엔 항상 초콜릿 주전자가 끓고 있고, 3교시 끝날 즈음 커다란 오븐에서 따끈하게 부풀어 오른 빵을 꺼낼 수 있었으면 좋겠다. 어깨를 잔뜩 움츠리고 버스 기다리는 아이들처럼 앉아 있는 녀석들 앞에서 철모르는 말을 해보았다.

"정말 그렇다면 난 졸업 안 할 거예요."

"크리스마스 때까지 날마다 기도하면 하느님께서 들어주시지 않을까요?"

갑자기 아이들 마음이 내 마음까지 들뜨게 만들었다. 수업과 관계없는 이야기를 했기 때문일 것이다. 내가 다시 낱말 형성법을 이야기하기 시작하면 아이들은 삶에 찌든 아저씨 같은 표정으로 돌아가겠지.

"내가 교장 선생님이라면 교실에 구들을 놓고 장판을 깔 거야. 아랫목에 이불 하나 개두었다가 감기 걸리고 몸살 난 사람 있으면 아랫목에 누워 우리 공부하는 거 듣다가 자게 둘 거야."

"선생님, 이 책상도 좀 바꿨으면 좋겠어요."

"맞어. 책상과 의자가 너무 작지. 우리 몸에 맞는 걸로 맞추어서 다리가 책상 밑에 헐렁하게 들어가게 해야 돼."

"여름엔 덥고 겨울에 추운 이놈의 교복부터 없애요."

"그럼 가난한 애들은 너무 티가 나지 않을까요?"

"다 똑같이 가난하면 되지. 너무 쫙 빼 입으면 학교 생활하기 불편할 걸. 우린 운동장에 우리가 설계해서 집도 한 채 지어야 하니까."

"집을 지어요?"

"우리가 살 집. 그래야 수학, 과학, 기술, 가정, 풍수, 지리, 미술……그것들을 진짜로 공부해 보지. 물길도 찾아야 하고 수도도 놔야 하고 시청에 가서 허가도 받아야 하고 우리 모두의 일손이 골고루 다 필요할 걸. 기숙사에서 먹을 김장도 해야 하고, 책상 앞에서 공부할 틈이 없어서 걱정일지 몰라."

"저, 남녀 공학이죠?"

"남녀 합반하면 안 될까요?"

"남녀 공학이면 당연히 남녀 합반이지. 남녀 짝꿍이고."

"아앗싸!"

"1학년 때부터 적금을 들어서 수학 여행을 10박 11일쯤 갈 건데 일본도 가고 쿠바도 가고, 농장에 가서 일도 하면서 진짜 여행을 하는 거지. 경비를 줄이려면 고생스럽더라도 배를 타고 오가야 할 것 같아."

"외국! 10박 11일!"

"수업은 하루에 딱 네 시간만 하면 어떨까? 나머지 시간은 자유. 나가서 공을 차든지, 도서실에 가서 공부하든지, 밭에 가서 일하든지, 너무 적나?"

"안 적어요! 딱이에요! 자유 시간에 노래방에 가도 돼요? 학교 안에 노래방 있으면 안 돼요? 강당에 한 대 들여놓고 노래도 부르고 춤도 추고요."

"머리, 머리는 어떻게 하실 거예요?"

"제 머리는 제가 알아서 하기. 길러서 묶든, 땋아 내리든, 박박 밀든. 스타일에 맞게 하기. 단 염색은 반대하고 싶다. 몸에도 안 좋고 환경에도 나쁘고 어떻게 생각해?"

"(이렇게 엄청난 자유를 얻었는데 그쯤은 양보할 수 있다는 듯) 그러죠 뭐. 염색을 허락하면 빨강, 노랑, 보라, 난리가 날 것 같아요."

"방학이라든가, 개학, 시험 일정, 축제, 체육 대회 등등 모든 학교 일정은 선생님과 학생들과 부모님이 함께 의논해서 결정하기. 느닷없이 방학 날짜를 통보받을 때, 소풍 장소도 우리가 결정하지 못할 때 너무나 기분 나쁘지 않니?"

"진짜 끝내주는 학교예요. 진짜 그런 일이 있을 수 있어요?"

"꿈을 꾸고 있으면, 우리 발걸음이 그쪽으로 가는 걸 스스로 막지만 않으면 언젠가는 자기 생각대로 살고 있다는 걸 발견하게 된대."

"하지만 그 꿈이 이루어질 때쯤은 우린 모두 졸업해 있을 거예요. 그런 학교를 다녀볼 수가 없어요."

"하지만 우리가 그런 학교를 만들 수는 있지. 그리고 우리 자식들은 우리 같은 고통을 겪지 않고 우리가 누리지 못한 행복을 누리겠지. 근데 지금까지 한 이야기 다 진심이니?"

"당근이죠!"

"정말 하루에 네 시간만 수업하고 머리, 복장 자유로운 학교에 자식들을 보낼 수 있겠어?"

"당근, 당근이죠!"

"우리 부모님들도 우리만 할 때는 우리 같은 생각을 하셨을 거야. 근데 지금은 어떠시니? 하루 여섯 시간 수업도 모자라서 보충 수업에 학습지에 학원에 교육 방송 들으라고 들들 볶으시잖니? 왜 어른이 되면서 생각이 달라질까?"

"다른 사람들이 다 그러니까 불안해서 그래요. 자기 자식만 가난해질까봐요."

"지금까지 우리가 설계한 학교에 다니면 공부 안 하게 될까? 그래서 다른 학교

다닌 아이들보다 불행해질까?"

"절대로 아니에요. 우린 백 배 더 잘할 수 있어요. 정말 졸업하기 싫을 만큼 행복할 거예요."

"그 마음이 변하지 않도록, 항상 긴장하고 깨어 있으면 세상이 달라진다. 그러려구 우린 공부하는 거야, 사실은."

한 시간 수업이 이렇게 빨리 지나간 것도, 학생들이 내 수업을 이렇게 행복해한 것도, 수업이 끝나자 이렇게 큰 소리로 합창을 하듯 인사를 한 것도 처음인 것 같다. 우리는 모두 이상주의자일까? 여섯 시간을 거짓말로 앉아서 견디는 이 수업 방식을 버리자고 하면 모두 웃을 것이다. 살아나고자 꾼 우리의 꿈이 살아있기를. 아이들이 커나가는 동안 그 꿈도 더 성숙하기를.

아끼다가 **똥** 될지라도

"아끼다가 똥 된다."

이건 우리 아이가 유치원 다닐 때 처음으로 배워 온 속담이다.

"왜 똥이 돼?"

"우리 선생님이 알려주셨어. 옛날 옛날에 욕심 많은 여우가 있었는데 어느 날 산길을 가다가 금방 죽은 토끼 한 마리를 발견했어. 근데 지금 먹기엔 좀 아까운 거야. 다음 날 먹어야지 하고 아무도 없는 깊은 산골짜기로 들어가서 어떤 나무 밑에 토끼를 묻었어. 아무도 못 찾아내게 깊이 묻고 돌멩이로 살짝 표시를 해놨어. 다음 날 저녁 식사로 토끼를 찾으러 가려다가 생각하니까 지금 먹기가 또 아까운 거야. 그래서 내일 먹어야지 하고 다른 걸 먹고 그냥 잤어. 그 다음 날도 그 다음 날도 그랬어. 그러다 한참이 지난 뒤 토끼가 먹고 싶어서 견딜 수가 없어진 여우가 산 속으로 갔어. 이젠 먹어야지 하고. 근데 도저히 거기를 찾을 수가 없는 거야. 할 수 없이 집으로 돌아와 다른 걸 먹고 잤어. 다음 날 꼭 오늘은 찾아야지 하고 가서 간신히 간신히 찾았는데 토끼가 없네! 썩어서 흙이 된 거야. 그래서 못 먹고 그냥 돌아와서 굶고 잤어. 그게 아끼다가 똥 된다야."

우린 배꼽을 쥐고 웃었다. 무엇인가를 너무 아끼거나, 남과 나누기를 싫어하고 혼자 욕심껏 그러잡거나, 쓰기를 미룬 나머지 쓸모가 없어지는 경우에 해당하는 속담일 텐데, 그러고 보니 옛날 이야기 속에는 자반을 걸어두고 냄새만으로 찬을 삼는 자린고비도 있고, 된장독에 앉았다 날아간 파리를 잡아 쪽쪽 빨아먹는 구두쇠 이야기도 있었다.

그날 우리 식구들은 자기가 알고 있는 '아끼다 똥 된 이야기'를 하나씩 하느라고 시간 가는 줄 몰랐다.

중학교 때 내 친구 혜숙이 아버지는 쥐치포를 한 봉지 사다가 텔레비전 상자(예전엔 텔레비전이 다리 달린 상자 속에 들어 있었다)와 벽 틈에 감추어두고 잊어버리셨다. 어느 날 혜숙이 아버지께서 쥐치포를 벽 틈에서 꺼냈는데 곰팡이가 파랗게 피어 있었다. 혜숙이와 나는 우물에 앉아서 소금을 뿌려서 쥐포를 박박 씻었다. 아저씨는 물에 씻은 쥐치포를 기름에 튀겼다. 얼마나 맛있었는지 모른다.

중학교에 가려면 자전거를 배워야 했다. 6학년 때 자전거를 처음 샀는데 혜숙이와 나는 자전거에 중독되어 버렸다. 요즘 아이들이 게임에 빠지듯 우리는 자전거에 빠졌다. 아무리 타도 싫증이 나지 않았다. 담임 선생님께서 퇴근하시다 보면 우리가 자전거를 끌고 개울둑으로, 논두렁 사잇길로 휘달리는 모습을 날마다 보실 정도였다. 자전거 타는 법을 선생님이 가르쳐주셨지만 걱정이 되셨나보다. 자전거 그만 타고 공부하라고 나무라셨다. 그래도 우리는 줄기차게 탔다.

어느 일요일엔 필통과 공책을 산다는 핑계로 고개 너머 직행 버스가 서는 대평리까지 자전거를 타고 가는데 고개에서 당직하러 오시는 선생님을 만났다. 선생님도 자전거를 타고 출퇴근하셨는데 우리를 보고 놀라서 그걸 사러 그 먼 데까지 가느냐며 선생님이 내일 사다줄 테니 같이 돌아가자고 하셨다. 하지만 우린 기어이 대평리엘 갔다. 빨간색 필통, 공책 한 권 그리고 껌 한 통과 환타 한 병이 우리가 산 물품이다. 껌 다섯 개를 다 빼고 빈 껌통에 환타를 따라 나눠 마시면서 한나절 내내 되약볕 뜨거운 줄도 모르고 자전거를 탔다.

자전거는 보물이었다. 밤새 비가 내려 다음 날 아침 비를 쫄딱 맞은 자전거를 보면 가슴이 철렁하고 괴로웠다. 자전거를 녹슬게 한다는 건 있을 수 없었다. 주황색, 연두색, 보라색, 세 가지의 색 볼펜을 처음 써본 날도 잊을 수 없다. 미원과 경쟁하던 미풍 회사에서 홍보용으로 색 볼펜 세 개를 한 세트로 만들어 증정했는데 우리 반에서 그걸 가장 먼저 가진 게 혜숙이와 나다. 나는 그 색 펜이 엄청 신기하고 아까워서 그걸로 글씨도 못 쓰고 중요한 부분 표시할 때만, 그것도 밑줄 긋는 게 아니고 별만 조그맣게 그렸다. 친구들이 빌려달라고 할 때도 별표에 한해서

만 빌려줬다. 내가 도끼눈을 뜨고 감시했기 때문에 아무도 감히 밑줄을 못 쳤다. 그날들의 느낌과 색채가 아직 내 마음속에 있다. 어느 것도 풍족하게 가져본 일이 없고 아낌없이 써본 일이 없다. 그래서 조금씩 아껴 맛보았던 세상이 이렇게 오래 남는 선물이 되었다.

무엇이든지 조금은 부족해야 귀하다. 아침에 고구마를 스무 개쯤 쪄서 출근할 때 가지고 가면 우리 반 아이들은 사흘은 굶은 녀석들처럼 침을 삼킨다. 반씩 잘라서 나눠줄 때 조금이라도 더 큰 걸 고르려고 난리를 피운다. 만약 한 바구니 넘치게 가져간다면 그러지 않을 것이다. 예쁜 엽서가 많이 생겨서 반 아이들에게 선물하고 싶을 때도 일부러 다섯 장만 들고 간다.

"딱 다섯 장밖에 없는데 필요한 사람?"

지금까지 그 엽서 없어도 아무렇지도 않았는데 녀석들은 엽서 한 장 가지려고 가위바위보까지 한다. 우리 아이들이 좀더 가난했으면 좋겠다. 가진 게 너무 많아서, 똥이 될 만큼 아끼는 대상이 없다.

국어책 학습 활동에 '자기네 가족이 가장 아끼는 물건 세 가지 써보기' 과제가 있었다. 식구들과 이야기해 보고 써오라고 숙제로 냈다. 나도 내가 아끼는 것들을 메모해 보았다. 할머니가 쓰시던 칠보 비녀, 단하가 그려준 나의 초상화, 장경희 선생님이 구워주신 도자기 연필꽂이, 자은 씨가 선물해 준 꽹과리 채…… 우리 아이들이 적어온 사연은 뭘까, 무척 궁금했다. 기대와는 달리 아이들은 대부분 빈칸을 채워오지 못했다. 써온 아이들도 간혹 있었지만 소파, 냉장고, 자동차 같은 것들이었다. 사소하지만 나만의 사랑, 나만의 이야기가 담긴 물건이 없었다. 결핍이 없는 곳에는 풍요함도 자리할 수 없는가보다.

교실을 청결하게 정돈할 때 기분이 참 좋다. 승식이가 신문지에 물 묻혀 거울을 깨끗이 닦을 때, 수호가 걸레를 몇 번씩 빨아가며 친구들 책상을 닦아줄 때, 법성이가 칠판을 파랗게 닦아놓을 때 기쁘다. 나는 게시판에 예쁜 그림을 걸기도 하고 창가에 화분을 바꿔놓기도 한다. 아이들은 책상 서랍과 가방 속, 필통을 정돈하고 체육복을 차곡차곡 개어놓고, 청소 용구함에 빗자루를 단정하게 포개어놓는다. 비 오는 날은 우산을 교실 뒤에 영화처럼 펼쳐놓는다. 그러면 담임이 기분 좋아하고 칭찬하니까 서비스 차원에서 그래 주는 것 같다. 하지만 자주 하면 습관이 될 것이다. 함부로 구기지 않고 함부로 버리지 않고 함부로 쓰지 않고 모든 걸 아끼면서, 귀하게 다독이면서 살자. 아끼다 똥 될지라도.

내 영혼이 따뜻했던 날들

　내가 자란 시골에는 십자가도 첨탑도 없는 오두막 교회가 있었다. 그곳을 생각하면 셸 실버스타인의 그림 동화 《아낌없이 주는 나무》가 떠오른다. 스물 두세 살 나이였을 때 나는 그림 동화처럼 오두막의 나무 그늘에서 즐거웠다. 그곳에서 열매와 가지와 나무의 온 몸뚱어리를 다 얻었다고 생각한다.

　그리고 그곳을 떠났다. 많은 사람들이 오두막 교회를 이단이라고 판정했고, 그러므로 내게 그토록 순수한 기쁨과 꿈을 주던 하느님도 그 잣대에 휘둘려 이단이 되지 않을 수 없었다. 주위 사람들의 염려와 질책이 너무 힘들고 스스로도 그 그늘이 더 이상 편하지 않았다. 우리가 받은 상처는 어쩌면 진실하고 아름답다고 믿었던 세계가 삿된 것이었다는 판단에서 오는 허망함이라기보다는, 정통의 깃발 아래서는, 그것이 이단인 한, 어떤 소중하고 따스한 마음도 쓰레기보다 못한 존재가 되어버린다는 걸 알았을 때의 충격이었는지도 모른다.

내 영혼이 참 따스했던 그 날들에 대해 이야기하고 싶다. 10여 년 전 어느 해 겨울, 나는 대학을 휴학하고 시골집에 내려가 빈둥거리고 있었다. 서울로 올라가서 취직을 할까, 공부를 해서 등록금이 싼 대학을 다시 갈까, 몸은 빈둥거렸지만 마음은 온갖 궁리로 분주하던 때였다. 어느 날인가는 구인 광고 팸플릿만 들고 수원 매탄동에 있는 삼성전자공장에 찾아갔었다. 다음 날 있을 취직 시험을 보기 위해 나처럼 공장에 취직하러 온 친구들 서너 명과 돈을 합쳐 낯선 여인숙에서 같이 하룻밤을 잤다. 다음 날 아침부터 저녁까지 시험을 보고 면접을 치렀는데 나만 떨어졌다. 버스 안내양 자리도 없었고 곰 인형에 구슬 눈 박아 넣는 일조차도 쉽게 주어지지 않았다.

빈곤한 그해 겨울, 오랫동안 비어 있던 우리 동네 개울 옆 이발소에 교회가 들어왔다. 의기소침한 딸내미 보기가 안쓰러웠던지 어머니는 마을에 새로 이사 온 전도사 부부가 참 사람답다고 한번 가서 인사라도 하라고 하셨지만 한가하게 교회에 다닐 기분이 아니었다.

"방 안에만 웅크리고 있지 말고 한번 가봐. 사람은 사람다운 사람들하고 사귀어야 발전이 있는 법이야. 빨리 나와."

우리 어머니는 사람 욕심으로, 나는 어머니한테 미안해서 눈길을 걸어 교회에 갔다. 개울 옆, 머리가 닿을 정도로 지붕이 낮은 오두막에 들어서니 젊은 전도사님 부부가 얼굴 가득 환한 웃음을 띠고 맞아주었다.

아직 도배 냄새가 가시지 않은 작은 방에 두리반을 하나 놓고 전도사님의 장모님과 처남과 이웃집 아주머니와 할머니 한두 분이 예배를 드리는 중이었다.

잠시 뒤에 배가 남산만한 사모님이 쟁반에 찻잔을 받쳐 들고 들어왔다. 차(茶)를 권하는 말투와 몸가짐이 참으로 정성스러워서 저게 무슨 귀한 차인가보다 생각했는데 마셔보니 그냥 따끈한 보리차였다. 보리차 한 잔을 어떻게 저런 분위기로 대접할 수 있나? 보리차 한 잔이 어쩌면 이렇게 온몸을 훈훈하게 덥힐 수 있나? 그날 내가 한 생각들이었다.

시간이 흐르면서 내 마음속에 사랑이 생겼다. 이성이나 가족이 아닌 이웃을 사랑하는 마음도 얼마나 가슴 설레는 일인지, 얼마나 미더운 것인지를 처음으로 알았다. 전도사님은 아주 섬세한 더듬이를 가진 사람이었다. 사람들이 무슨 일로 불편해하고 있는지 그는 금방 알아차렸다.

6 · 25 직후 지었다는 우리 집은 낡을 대로 낡아서 불을 때면 연기가 방 안으로 밀려들었고, 미닫이문은 서로 아귀가 맞지 않아 황소바람이 드나들었으며, 사랑방의 여닫이문은 끼익 끽, 귀를 자극하고 마룻장도 밟을 때마다 삐걱거렸다. 외할머니와 어머니와 딸들, 여자들만 사는 우리 집에선 아무리 부지런을 떨어도 집 어딘가가 그런 식으로 구멍이 나곤 하여 우리는 반쯤은 포기하고 사는 중이었다. 그런데 어느 날 집에 들른 전도사님이 장도리를 좀 달라고 하더니 방문과 마룻장의 소리를 잡아놓았다. 문을 고쳐주는 것 자체도 고마운 일이지만 정성을 다해 일

에 몰입하는 그의 모습을 보고 있으면 가슴이 뭉클했다.

우리 동네 사람들은 전도사네 식구가 이사 온 뒤에 아이들이 욕을 안하고 어른들도 싸움을 안 한다고 말했다. 그가 설교를 특별나게 하는 것도 아니고 농사짓느라 바쁜 사람들이 모두 신도가 된 것도 아니었다. 누가 보니 전도사님이 싸움이 벌어진 주막 앞을 지나가는데 평소와 똑같이 활짝 웃는 얼굴로 싸우는 사람들을 하나하나 불러가며 인사를 건네더란다. 사람들이 얼결에 그의 인사를 받는데 웃는 얼굴에 맞추어 애매한 표정이 되다가 농사 이야기, 아이들 이야기, 자질구레한 안부들을 주고받고 하면서 싸움이 흐지부지되더라는 것이다. 그들 부부는 평범한 사람들이었다. 하지만 오랜 시간 변함없이 지극하고도 따스한 사람들이었다.

어느 날 사모님이 발그스름하게 윤이 자르르 도는, 보기만 해도 침이 넘어가게 생긴 고추장떡을 한 접시 부쳐 내오셨다. 하지만 나는 편도선이 부어 한 조각도 먹을 수가 없었다. 전도사님이 목에 수건을 감아주셨다. 기침이 훨씬 덜하고 침 넘어가는 것이 부드러웠다. 목에 수건을 감고 앉아서 그날도 평소처럼 긴 시간 많은 이야기를 나누었다. 그 즈음에 새로 생긴 나의 즐거움은 성경을 읽으면서 예수님 당시의 상황들을 그려보고 예수님과 열두 제자들의 대화를 곰곰 새겨보며 심정을 헤아려보는 일들이었다. 진리가 너희를 자유케 하리라. 그 진리가 무엇인지가 나의 화두였다. 내 삶을 어떻게 풀어나가야 하는지 모든 생각과 행동에 일

관성을 갖게 해줄 기준으로서의 진리를 나는 늘 갈망했다. 새로운 인식, 새로운 탐구가 주는 기쁨으로 가슴이 충만했던 시기였다. 성장하는 기쁨이 무엇인지를 처음으로 알았다.

요나의 비유가 생각난다. 여호와 하느님께서 박 넝쿨을 준비하여 요나의 머리 위에 시원한 그늘을 마련하셨는데 다음 날 벌레들이 박 넝쿨을 씹어 시들어버렸다. 게다가 하느님께서는 뜨거운 동풍까지 불게 하셨다. 뙤약볕에 던져진 요나는 서운하고 원망스러워서 차라리 죽는 게 낫겠다고 불평을 늘어놓는다. 하느님이 묻는다. 네가 박 넝쿨을 위해 수고한 일이 없는데 네가 성내는 것이 합당하냐.

전도사님은 그때 그렇게 말씀하셨다. "상대방의 성장을 위해 무진 애를 쓰는 것"이 사랑이라고. 박 넝쿨의 뿌리에 한 세숫대야의 물도 주지 않은 사람은 박 넝쿨 잎의 그늘에 대하여 이러쿵저러쿵할 자격이 없는 것이다. 내가 싫어하던 어느 아주머니에 대하여 생각해 보았다. 그녀의 늘 짜증스런 말투와 남의 것을 소중하게 생각하지 않는 점과 이기심에 대해서 미워하긴 했지만, 나도 아주머니에게 그야말로 냉수 한 번 대접한 일 없는 사람이었다. 그녀에게도 분명히 있을 선량한 어떤 부분에 대해 손을 뻗어보지 않았던 것이다. 미워할 수 있는 것도 자격이 있어야 하는 것이었다. 그리고 내가 정성을 다한 사람에 대해선 미움 이전에 연민과 아픔이 앞서는 것이었다.

어린이들과 할머니들이 교회에 많이 나오게 되어 오두막에서 드리던

예배를 마을회관에서 드리게 되었는데 어느 날 예배 끝나고 나오면서 사모님께 인사 겸하여 지나는 말 한마디 했다.

"그날 고추장떡 말이에요. 참 맛있게 보였는데 한 조각도 먹지 못한 게 지금도 서운해요."

전도사님은 마을의 대학생과 뭔가 진지한 이야기를 나누는 중이셨는데, "어, 마침 오늘 그거 해먹었어요. 잘됐네요. 우리 부엌에 가면 있을 거예요. 들러서 꼭 드시고 가세요" 하셨다. 그걸 꼭 먹고 싶어서 한 이야기가 아니라서 건성 대답을 하고 나왔다.

"정말이에요. 그냥 가지 말고 꼭 들르세요."

전도사님의 진지한 성격을 아는지라 하는 수 없이 오두막에 들렀다. 그러나 고추장떡이 얼핏 눈에 띄지 않았고 남의 부엌을 마구 뒤지는 것도 내키지 않아서 그냥 돌아왔다. 그날 밤 툇마루에 앉아 라디오를 듣고 있는데 누가 대문을 두드렸다.

"너무 늦게 죄송해요. 이야기가 길어져서요. 집에 가보니 못 찾고 그냥 가셨지 뭐예요. 그런데 이것밖에 안 남았으니 어쩌지요?"

전도사님 부부와 귀여운 딸들이 밥공기에 몇 조각의 고추장떡을 담아 가지고 와서 활짝 웃는 얼굴로 대문 앞에 서 있었다. 우리는 늦도록 복숭아를 먹으며 놀았다. 고추장떡도 나눠 먹었다. 이 한 공기의 고추장떡을 나는 평생 잊지 못하리라.

그분들과 이웃으로 지내는 동안 나는 내 이기심을 볼 수 있게 되었고, 그동안 나의 사고방식이 내 중심적이었다는 것도 알게 되었다. 남의 말을 한 귀로 흘려듣는 때가 얼마나 많았던가 하는 생각을 하게 되었으며, 내 삶의 주인공으로 반드시 내 자신을 세워야 하는 건 아니라는 것도 처음 깨달았다.

"저도 나중에 전도사님처럼 살았으면 좋겠어요. 오두막에 어린이들과 학생들이 읽을 책을 많이 마련해 놓고요. 행복할 것 같아요."

그런 말을 전도사님께 할 때 얼마나 가슴이 두근거리던지. 그것은 오랫동안 내 꿈으로 자리 잡았다. 어쨌든 당장은 돈벌이를 해야 했으므로 대전에 나가 속셈 학원에서 꼬마들에게 산수도 가르치고 이런저런 아르바이트를 하면서 일주일을 보내다가 토요일이 되어 우리 동네로 돌아갈 때면 마음속엔 기쁘고 즐거운 마음이 차올랐다. 주일 학교 아이들과 주일 학교 교사를 하는 동네 친구들과 전도사님 부부와 교회 할머니들, 아주 가까워진 아주머니들 만날 생각을 하면 동네 어귀에서부터 설레곤 했다. 전과는 다른 나의 고향이었다.

할머니들은 돌미나리를 뜯거나 냉이를 캐면 깨끗이 씻고 다듬어서 이른 새벽 전도사님댁 식구들이 일어나기도 전에 마루에 올려놓고 가셨고, 전도사님은 그걸 아주 소중하게 받아들고 꼭 감사 기도를 드렸다. 나무를 하다가 비탈에 넘어져서 나뭇짐에 깔린 할머니가, "아이구 하눌님 기운 없어서 나 죽겠네. 이 나뭇짐 좀 치워주시오" 하고 기도를 한 뒤에 힘을 써서 일어났다고 간증하실 때는 모두 배꼽을 쥐고 웃었다. 그

순박한 마음들과 더불어 지낸 전도사님도 행복하셨으리라.

우리 동네엔 아흔 아홉 살 잡수셨다는 망령 난 할머니가 혼자 사시는 집이 있었다. 할머니의 집은 산 중턱 응달에서 다 무너져가고 있었다. 두 개의 방 중에서 하나는 이미 바람벽이 무너져 나가 수숫대가 앙상하게 드러나 있고, 나머지 방 하나에는 할머니가 밥상, 이불, 그릇들과 범벅이 되어 웅크리고 있었다. 배급 타온 쌀을 누가 훔쳐갈까봐 할머니는 쌀자루 주둥이를 묶은 끈을 당신 허리에 친친 감고 있었다. 심지어는 나뭇단도 방 안으로 끌어들여야 편히 주무신다고 했다.

전도사님 따라 가서 바람벽에 난 구멍들을 막고 신문지로 도배를 하는데 숨이 막혔다. 우울했다. 하느님의 그림자조차도 느껴지지 않는 풍경이었다. 구멍을 막고 도배를 하고 솜버선 몇 켤레를 갖다주는 것으로 해결할 수 없는 인간의 처참한 궁지가 가슴을 짓눌렀다. 내게 어설픈 회의가 오는 동안 그분들은 꾸준히 그런 작은 일들을 했다.

교회에 예언자가 나타남으로 해서 우리 동네의 평화는 깨졌다. 그 이야기들을 구절구절 다 할 필요는 없으리라. 전도사님은 그를 함부로 내치지 않았다. 그분 성격대로 성경을 펴놓고 하느님의 뜻인지 아닌지를 끝없이 고민하고 기도했다. 교회는 마을에 뿌리를 내리고 아름다운 모습으로 꽃을 피우는 중이었다. 그분으로서는 존재가 흔들리는 위기였을 것이다. 우리 동네는 하룻밤에 자란 박 넝쿨이 아니었다. 사람들은 일단 예언자의 출현을 불편해했고 누구도 예언을 원치 않았다. 우리는 소박한 소망을 가지고 평화롭게 살고 싶었다. 상식을 뛰어넘는 예언이 교회를 지배한다 생각되면서 하나, 둘, 교회를 떠났다. 사람들이 전도사가 마음이 변했다고 손가락질하고 어린아이들도 교회에 나오지 않았다. 교회를 떠난 친구들과 남은 친구들 사이엔 묘한 이질감이 생겼고 연인들은 헤어졌다.

그동안 내가 누린 평화와 기쁨의 대가라고 생각했다. 좋을 때야 누구나 좋은 곳에 머물 수 있다. 평화가 깨졌다고 해서, 신뢰가 떠났다고 해서 쉽게 나의 아름다운 교회를 버릴 수는 없었다. 하느님의 뜻이 아니라면 깨소서, 하느님의 뜻이라면 우리를 더욱 단련하소서, 라고 기도했다. 이제 그만 하소서, 우리를 불쌍하게 여겨주소서, 라고 기도했다. 수많은 불화를 겪고, 세상에서 받을 수 있는 온갖 손가락질을 다 받았다고 생각되었을 때 나도 마침내 교회를 떠났다. 마를 대로 말랐지만 여전히 평화로운 기운이 담긴 얼굴로 전도사님 부부는 작별 인사를 하셨다.

"고생 많이 하셨어요. 어딜 가시든지 하느님이 선생님을 사랑하신다는 걸 저희는 믿어요."

동네에선 마을 회관도 더 이상 빌려주지 않았고 그분들은 산 중턱의 빈집을 얻어 고립되었는데, 3년여 시간 그렇게도 많은 것을 배우며 많은 것을 얻은 나는 불편하고 힘든 그곳을 버렸다. 가슴이 찢어지는 것 같았다. 정통이란 게 뭔가, 정통이 아닌 것들을 분리해 내고 멸시와 조롱을 퍼부어주고 가엾이 여겨주는 게 정통인가. 정통이 아니면 아무리

지극한 마음씀도 사랑도 소용이 없단 말인가.

교회를 떠나는 순간 다시 가족들을 얻었고, 먼저 떠난 친구들에게서도 연락이 왔다. 갈등을 놓아버린 마음은 너무나 편안했다. 정말 오랜만에 발을 뻗고 깊은 잠을 잤다. 한 세상이 깨어져버린 것이었다.

"누구를 대하든지 먼저 그의 귀한 점을 찾으세요. 그러면 그를 높이게 되고 그를 나의 스승으로 삼을 수 있어요. 나머지 약한 부분들에 대해서는 묵묵히 기도해 주세요. 그 약한 점으로 가장 먼저 상처받는 건 그 자신이거든요. 하느님도 그걸 마음 아파하시지 않을까요?"

'단점'이라는 단어를 쓸 줄 모르던 나의 이웃, 사랑하는 나의 전도사님. 그분이 내게 한 번도 무엇인가를 탓하지 않았지만 나는 수시로 부끄러웠고, 전도사님이 나의 게으름이나 이기심에 대해 묵묵히 기도하고 있다는 생각을 떨칠 수 없었다.

"당신의 됨됨이가 당신의 말보다 더 크게 소리치고 있소, 라는 말이 있어요. 예수님이 이 땅에 계셨던 짧은 기간 동안 하신 일은 '가르침'이었어요. 우리가 그분의 제자라면 우리 자신의 됨됨이가 가장 효과적인 가르침이라는 생각을 가져야 합니다."

"말을 하기 전에 세 번쯤 생각합시다. 상처를 주는 말은 아닌지, 덕이 되는 말인지, 듣는 이와 나를 함께 성장시킬 수 있는 말인지."

우리 주일 학교 교사들을 전도사님은 그야말로 지극하게 섬기셨다. 막차를 놓치면 오토바이를 몰고 고개를 넘어 먼 읍내까지 마중 나오기를 마다하지 않으셨고, 사모님은 주일 저녁 다시 도시로 나가는 교사들에게 정성이 가득 담긴 음식들을 바리바리 챙겨주셨다. 그분들은 가난했다. 전도사님 부부가 내게 준 것들은 살점 같은 것이었다. 남을 돕는 것은 자기 살점을 떼어주는 것과 같은 것이라고 우리는 배웠다. 내가 다 쓰고 남은 것을 가지고는 어느 누구도 도울 수 없다고, 내 살점을 떼는 아픔을 각오하고 나누고자 해야 나눠진다고 하셨다.

정말 그랬다. 내가 누군가를 돕고자 할 때는 항상 무리가 뒤따랐다. 내가 써야 하는 꼭 필요한 시간과 내게 없어서는 안 될 돈을 덜어내야 했고 내 식구들과 더불어 있어야 할 때를 내어놓는 것이어야 했다. 그것이 사는 것이었다. 그렇지 않으면 이웃과 더불어 아무것도 나눌 수 없는 것이었다. 그분이 간곡하게 되풀이하여 가르쳐주셨던 것들을 지금도 순간순간 떠올리곤 한다. 누가 뭐라고 해도 나는 그분으로 인해 두꺼운 껍질 하나를 깨고 나올 수 있었다. 나비가 되기 위하여 캄캄한 번데기의 한 시절을 견뎌야 한다는 것도 배웠다.

시골 교회의 전도사가 되는 대신 나는 시골 중학교의 선생이 되었다. '내가 그분을 만나고 느꼈던 성장의 기쁨을 우리 아이들도 느낄 수 있을까? 나도 전도사님처럼 아이들을 지극하게 섬길 수 있을까? 그들의 성장을 위해 무진 애를 쓰는 마음을 가질 수 있을까? 그들이 떠나고 남은 자리에서도 묵묵히 살아가는 이웃이 될 수 있을까? 내 아이들도 우리가 어울려 지내는 이 한 시절을 영혼이 따스했던 한때로 기억해 줄까?' 생각하는 것은 아직도 그 시절의 훈향이 내 곁에 감돌고 있기 때문이다.

안녕, 이단이었던 나의 아름다운 시절이여. 참으로 따스했던 내 영혼의 한때여.

10년 _뒤

　방학을 하고 곧바로 이사를 하게 되었다. 새로 살게 된 곳은 시내를 벗어나 외진 곳에 들어선, 조그만 임대 아파트 8층이다. 아침에 눈을 뜨면 바로 앞에 안개를 품은 산이 다가와 있고 까치들이 눈높이로 날아간다. 산 아래는 뙈기밭들인데 조붓한 길이 그 사이를 구불구불 가로지르고 있다.

　처음엔 집이 한 발자국 정도만 더 넓었으면 싶었다. 먼저 살던 집보다 평수가 작아서 장롱을 나란히 놓지 못하고 ㄱ자로 꺾어놓는 바람에 한쪽 문은 열지도 못하게 되었다. 그러나 가만 보니 21평이 작은 크기는 아니었다. 집이 작은 게 아니라 쓸데없는 짐이 많은 것이다. 천안에 6년 사는 동안 네 번 이사를 했다. 그 사이, 참 많은 짐을 버렸는데도 여전히 뭔가가 많다. 앞으로 10년쯤 뒤에는 정말 가볍고 단출한 살림을 할 수 있도록 나의 정신이 좀더 자유로워져 있기를.

결혼하게 된 미연 언니한테 물려받은 등받이 나무 의자를 베란다에 내놓았다. 여기 앉아 시를 쓸 거라고 했더니 이삿짐 정리를 도와주시던 목사님과 사모님이 "시를 옆구리로 쓰면 안 되지" 하면서 대강 내놓았던 의자를 들판을 향해 바로 놓아주셨다. 다시 개학을 하면 부산하게 초 다투기를 하며 출근하고 파김치가 되어 퇴근하는 날들이 이어지겠지만, 일주일에 한두 번은 꼭 여기 의자를 놓아둔 지금 내 마음을 기억하고 싶다. 큰 바위 얼굴을 바라보는 것처럼 참나무 숲과 밭과 길 위에 흐르는 안개와 햇빛, 바람, 달빛을 바라보면서 내가 꿈을 가진 인간이라는 사실을 스스로에게 일깨워주고 싶다.

이사를 돕던 우리 반의 상진이와 상준이, 현수는 구슬치기를 하고 놀다가 돌아갔다. 아이들 웃음소리와 시끄럽게 떠들어대는 소리가 듣기 좋았다. 구슬이 책상다리에 부딪혀 엉뚱하게 튕겨도 웃고, 누구 다리 사이로 빠져나가도 웃고, 아이들 마음은 공명하기 위해 준비된 소리판 같았다. 모두 조용한 아이들인 줄만 알았는데, 내가 놀랄 때마다 서로 저만 빼고 친구들을 가리키면서 선생님이 얘의 본 모습을 이제야 알게 되었다고 깔깔거렸다.

이사할 집을 찾는 일에서부터 버려야 할 짐을 분류하고 묶어 내놓는 일들까지 반 아이들이 많이 도와주었다. 제법 힘을 쓰는 일손이 되어주는 것도 기특하려니와 일 년을 함께 보낸 이 아이들이 이제 식구 같아서 어울려 일하는 게 든든하고 행복하다. 체육복 개라, 휴지 주워라, 수행 평가 과제물 빨리 내라, 청소용구 정돈해라, 분필 던지지 마라, 잔소리만 늘어놓는데도 아이들 마음이 닫히지 않은 것이 고맙다. 정리가 되는 대로 다시 모여서 집들이를 하기로 약속하고 헤어졌다.

아이들도 가고 혼자 앉아 이것저것 뒤적이다가 '우리 좋은 모임'이라고 붓펜으로 제목을 쓴 조그만 소책자를 보았다. 첫 발령 받고 선생님들과 조합원 분회 모임을 한 것을 간단하게 정리하여 묶은 복사본이었다. '교육권의 주체와 내용' '교과 내용의 정치적 중립성에 대한 논의' 같은 것들은 책을 읽고 정리하여 발제한 내용들인 것 같고, 장학협의회 때 건의해야 할 점이라든가 학교운영위원회에 관한 자료 윤독 순서, 보충 수업 안내문의 부당한 점을 사전에 지적하지 못한 것에 대한 자책, 인사위원회에 대한 교사들의 무관심에 대한 고민, 내가 권하는 한 권의 책, 여름 방학을 어떻게 보내고 괄목상대할 수 있게 나타날 것인가에 대해 나눈 이야기들까지 분회장이었던 김동돈 선생님의 솜씨로 꼼꼼하게 정리되어 있었다. 새삼 가슴이 뭉클했다. 이 열정을 잊은 것은 아닌가, 너무 편안해져 버린 것은 아닌가. 책의 마지막 장 제목은 '10년 후'였다. 우리는 그때 참 풋내 나는 교사들이었다. 어쩌면 10년 후라는 시간이 곧 올 거라는 걸 실감하지 못하고 썼던 것일 수도 있겠다.

－43세, 박사, 평교사, 삶의 가치를 지향하는 교사의 모델, 서예가, 한문을 한문답게 가르치는 교사. 이건 김동돈 선생님의 글이고,

－38세, 욕심 무지하게 부리는 사람의 아내, 두 아이(?)의 엄마, 두 아

이 말고도 무수히 많은 아이들의 어머니, 변함 없는 몽실이 미술 선생. 이건 그 즈음 김 선생님과 결혼 이야기가 오가던 오수익 선생님의 꿈이다.

－41세, 평교사의 삶을 노래하는 시인이 되고 싶다. 우리 딸 단하가 곡을 붙여서 긴 치마를 입고 기타 치며 노래해 줄 거다. 이건 나의 꿈.

－35세, 난 그이의 아내가 되어 있을까? 난 나이가 들어서도 꿈이 많을 것 같다. 서른 다섯 나이에도 '어떤 안락에도 굴하지 않는' 꿈 많은 아줌마, 여유 있는 아줌마 선생님이 되고 싶다. 누구처럼 시도 쓰고 노래도 부르며 기운 팔팔한 여장부이고 싶다. 이건 새내기 양경숙 선생님이 쓴 글이다.

이미순 선생님은 10년 후에도 참 좋은 국어 선생으로 있고 싶다고 썼다. 이제 그 10년을 2년쯤 남겨두고 있다. 김 선생과 오 선생은 계획대로 결혼하고 한결이와 한솔이를 낳았다. 오 선생은 여전히 수많은 아이들에게 둘러싸인 어머니 같은 선생이다. 양경숙 선생님은 기운 팔팔한 여장부이면서 시간이 준 깊음이 느껴진다. 얼굴 예쁘고 마음 고와서 인기도 높던 이미순 선생님은 본 지 오래되었지만 그의 소망대로 참 좋은 국어 선생님일 것이 분명하다. 생각해 보니 모두가 거기 적힌 꿈과 크게 다르지 않은 삶을 살아가고 있는 것 같다.

이제 다시 10년 뒤를 위한 꿈을 한 줄 적고 싶다. 나도 참 좋은 국어 선생이 되고 싶다. 학생들과 진실한 관계를 맺고, 말과 마음과 행동이

성실하며 매순간 어떤 안락도 물리칠 수 있는 정신을 갖고 싶다. 한 가지 더 욕심을 부린다면 10년쯤 뒤엔 이사 좀 그만 다니고 어느 마을에 작은 집 한 채를 얻어서 내 손때를 묻히며 내가 가르치는 아이들의 이웃 사람으로, 그 마을 사람으로 살아갔으면 좋겠다.

샨티 회원제도 안내

샨티는 사람과 사람, 사람과 자연, 사람과 신과의 관계 회복에 보탬이 되는 책을 내고자 합니다. 몸과 마음과 영혼이 건강해질 수 있는 책을 내고자 합니다. 만드는 사람과 읽는 사람이 직접 만나고 소통하고 나누기 위해 회원제도를 두었습니다. 책의 내용이 글자에서 머무는 것이 아니라 우리의 삶으로 젖어들 수 있도록 함께 고민하고 실험하고자 합니다. 여러분들이 나누어주시는 선한 에너지를 바탕으로 몸과 마음과 영혼에 밥이 되는 책을 만들고, 즐거움과 행복, 치유와 성장을 돕는 자리를 만들어 더 많은 사람들과 고루 나누겠습니다.

샨티의 회원이 되시면……

샨티 회원에는 잎새 · 줄기 · 뿌리(개인/기업)회원이 있습니다. 잎새회원은 회비 10만 원으로 샨티의 책 10권을, 줄기회원은 회비 30만 원으로 샨티의 책 33권을, 뿌리회원은 개인 100만 원, 기업/단체는 200만 원으로 샨티 책 100권을 드립니다. 그 외에도,

— 추가로 샨티의 책을 구입할 경우 20~30%의 할인 혜택을 드립니다.
— 신간 안내 및 각종 행사와 유익한 정보를 담은 〈샨티 소식〉을 보내드립니다.
— 샨티가 주최하거나 주관 · 후원 · 협찬하는 행사에 초대하고 할인 혜택도 드립니다.
— 뿌리회원의 경우, 샨티에서 발행하는 모든 책에 개인 이름 또는 회사 로고가 들어갑니다.
— 모든 회원은 아래에 소개된 샨티의 친구 회사에서 프로그램 및 물건을 이용 또는 구입하실 때 할인 혜택을 받으실 수 있습니다.

· 문성희의 〈평화가 깃든 밥상〉 요리강좌 수강료 10% 할인
  070-8153-8642, http://cafe.daum.net/tableofpeace
· 오늘 행복하고 내일 부자되는 '포도에셋' 재무설계 상담료 20% 할인
  http://www.phodo.com
· 대안교육잡지 격월간 《민들레》 정기 구독료 20% 할인
  http://www.mindle.org
· 부부가 정성으로 농사지은 설아다원의 유기농 녹차 구입시 10% 할인
  http://www.seoladawon.co.kr

* 친구 회사는 앞으로 계속해서 늘려나갈 예정입니다.
* 회원제도에 대한 더 자세한 사항은 샨티 블로그 http://blog.naver.com/shantibooks를 참조하십시오.